迷い人たちのプラットフォーム

たむら ふみえ
Tamura Fumie

今井出版

目次

心模様

一

えんどう豆が莢《さや》から弾けて飛び出し、それぞれに不揃いな音を響かせて床を跳ねた。

恵子《けいこ》は素っ頓狂な声をあげ、慌てて椅子を後ろに払いのけると、床にはいつくばって、一粒、また一粒と、散らばった豆を丹念に拾い始める。

あらかた集め終わったところで、ハッとして首をすくめた。古いアパートは、下の階や隣の部屋に物音が筒抜けで、縮こまって暮らすのが習い性となっているのだ。

職場でも心くばりを忘れず、人目に立たないよう割り当てられた仕事に精をだす。

まだまだやれると思っていても、はたから見れば雇ってもらえるだけでありがたい歳だ。若いパートたちに煙たがられていやしないか、上司からそろそろ辞めてほしいと引導を渡されやしないか、いつもびくびくして気が気でなかった。

そうやってこらえてばかりだと、胸の奥にわだかまりが溜まる。

溜まりすぎたわだかまりが、感情を押し殺すたびに積み上げてきた我慢の土手を、いっきに突き崩して溢れだすときがある。

部屋の隅で背を丸め、かたっぱしから文句を並べているうちに、知らぬ間に声が大きくなってくる。やむなく押し入れの布団に口を押し付けて、冷静になるまでの時間を稼ぐ。

気持ちが静まったならそれでよし、とはいかないのが始末の悪いところで、しばらくの間じくじくと無力感を引きずってしまう。

スーパーの品出しを終え、帰宅する途中のことだ。

立ち仕事でパンパンに張った脚をいたわって、川べりの道を休み休み歩く恵子の横を、軽トラックが車体をゆすりながら、エンジン音の唸りを上げて追い越して行った。

トラックは追い越しざまに、むき出しに積んだ豆の蔓《つる》を荷台から振り落とし、気づかないでそのまま走り去った。

恵子にとって、腹の足しにならないえんどう豆は、季節の到来を教えてくれるだけのものだった。

——豆ごはんが食べられる！

そう思うと、ためらう気持ちを押し退けて、豆の蔓に手が伸びていた。

恵子の年金は、月に五万円ほどしかなかった。いくらなんでも五万円では暮らしが立ち行かない。

そのため仕事を掛け持ちでこなし、どうにか家計のやりくりをつけてきた。

その日その日をつましく送り、ほどほどに楽しむ。そんなありきたりの生活だった。どこをどうしくじったのだろうか。命の終わりが見え隠れする七十を過ぎても、背中合わせの煩い事に追われている。

「何とかしなくては――」とか、恵子もたまには行く末について思い悩むことはあるが、堂々巡りのあげく、決まって袋小路で行きづまり、ひとあし踏みだせない。


明日は、明け方から弁当屋のシフトに入る。

早めに夕飯を済ませようと、支度にかかった。

ザッザッとせわしなく米を研ぐ恵子の頭には、いつの間にか厄介者が居着いてしまって、何かにつけて喧《やかま》しくせっついてくる。

――自分にきつくタガを締め、間違えないように生きてきたんじゃないのか？

恥じ入る心のうちを突かれた恵子は、炊飯器のスイッチを手加減なしで思いっきり打ちつけると、床に大の字に寝ころがって、子どもが嫌々をするみたいに手足をばたつかせた。

いくらか気持ちが軽くなったところで、ぺたんとその場にうつ伏せになり、ゆっくり目をつぶった。

豆ごはんの炊けるいい匂いが、鼻先をくすぐる。

恵子は薄目を開けた。

時の過ぎるにまかせ、そのあいだの記憶が飛んでいる。うとうとしていたようだ。だるそうに体を起こしながら、「たまたま回り合わせが良くて、えんどう豆に出合えたんだよ。幸せとやらは、案外こんなちっぽけなものかもしれないね」と、頭の中の厄介者がぼんやりしているのを幸いに、言葉巧みに言いくるめた。


恵子は、東京の下町商店街に店を構える、小さな和菓子屋「うさぎや」のひとり娘として、大切に育てられた。いつも洒落た服を身に着け、近所の子どもたちとは明らかに違って見えた。母もひとり娘だった。着物の似合う小柄な人で、友達から「きれいなお母さんね」と言われるたびに、恵子はこくりとうなずき、はにかんで目を伏せた。

父は腕のいい菓子職人で、祖父に見込まれて婿に入った。口数の少ない根っからの職人気質で、修業にきている弟子の「慎《しん》ちゃん」を仕込みがてら、朝早くから工場で黙々と餡を煮ていた。

「お嬢さん、これ」

慎ちゃんは、自分が考案した菓子を時々恵子にくれた。

「美味しいよ。でも、色合いがちょっと野暮ったい気がするな」

ませた口調で恵子が言うのを、慎ちゃんは「ですかあ――」と真顔で受けた。

母はそんな恵子を叱ったりせず、「お父さんには内緒だよ、怒られるから」と人差し指を唇にあてた。不満顔で甘えてくる恵子を優しく抱きとめて、慎ちゃんには「勘弁してやってね、おませな子で」と謝っていた。

店の切り盛りから家事まで、一手に引き受けて働き詰めだった母は、恵子が中学に入った年に亡くなった。忙しさにかまけて、病気に気づくのが遅れたのだ。すい臓がんだった。

店から母の姿が消えた後も、父は顔色ひとつ変えず、これまでどおり菓子を作り続けた。

恵子はそんな父に違和感を覚えたが、もともと感情を表に出す人ではなかったし、たいしたことではないと、気にしないようにした。

重苦しい日がのろのろと過ぎて、母の一周忌を終えた後、父が突然「慎ちゃんのお母さんと再婚した」と、めずらしくきっぱり言った。

寝耳に水だった。恵子はうろたえるばかりで、口を尖らしただけで何も言い返せず、時間をかけてのみくだすしかなかった。

慎ちゃんのお母さんには何度か会ったことがある。息子をよろしくと、盆暮には挨拶に来ていたからだ。腰の低い目立たない人だったが、上目遣いにこちらを見るときの視線が厭らしくて、どうにもとっつきの悪い感じがした。

「ねえ、なんかいい匂いがすんだけど」

ドンドンとドアを叩く音がする。お隣の照《てる》ちゃんだ。同じ高齢者のひとり暮らしということもあって、親しく行き来している。

ドアを開けたとたん「豆ごはんじゃない！」と鼻をぴくつかせながら、ずかずか上がり込んできた。

「いいなあ、どうしたの？」

えんどう豆のような、少量で値の張るものを、恵子が買うはずがないと知っていて訊いてくる。

恵子はしぶしぶ川べりの道で拾ったことを打ち明けた。

「ラッキー、じゃあご馳走になってもいいよね」

言うが早いか椅子にどっかと腰を下ろし、「この辺りでもまだ畑をしてる人がいるんだね」と、顔を皺でくしゃくしゃにして目を細めた。

アパートは、狭い道を挟んで住宅が立ち並ぶ、板橋の一角にギュッと埋め込まれるように建っていて、周囲に農地は見当たらない。

「昔からの農家さんが、今でも畑をしてるんじゃない」

恵子は炊きあがった豆ごはんを、しゃもじでつい乱暴にかき混ぜてしまった。

「地主さんってことだ。お金持ちなんだからさ、うちらがおこぼれを頂戴してもいいよね」

立ち上る湯気を両手で扇ぎ、匂いを吸い込もうとする照ちゃんの飾り気のないそぶりに、恵子の胸につかえていた後ろめたい思いが、だんだんと薄れていった。

「一杯だけだよ。お米が底をつきかけてるから、明日の分を残しときたいの」

照ちゃんはうんうんとうなずいていたが、どうなるかわからない。

「やっぱり豆ごはんはおいしいね」

「塩加減もちょうどよかったわ」

ふたりとも口いっぱいに頬張って、黙々と食べた。

一杯食べても腹は満ちなかった。お代わりをしたいが、ひとりだけというわけにもいかず、結局二杯ずつ食べた。

「恵ちゃんはいいよ、弁当屋の余り物をもらえるんでしょう。それにしては痩せてない？　あたしなんかろくなものを食べてないのに、ほら」

照ちゃんは、ぷっくりした手で二の腕の肉をつまんで見せた。

確かに、だし巻き卵の切れ端とか売れ残りの品はでるが、パート全員にもれなく行き渡るほどではなかった。恵子はとうのむかしに愛想を忘れてしまっていたし、もともと取り入るのも苦手だった。

「お情けで雇ってもらってる身には、回ってこないわよ！」

恵子は照ちゃんをじっと見て、ぶっきらぼうに言葉をぶつけた。

「まあそうだね、おすそわけがないもの」

照ちゃんは、なにくわぬ顔で後ろ手にバタンとドアを閉め、「またくるわ」と耳障りなほど朗らかな声で帰って行った。

勝手気ままな照ちゃんには、たまにイライラさせられる。

――じゃあ、ほかに訪ねてくれる人がいるとでも？

厄介者のささやく声が耳に当たる。

しゃくだがそのとおりで、いっしょにいると退屈しない。どことなく普通と違っていて、後になってクスリと笑えるのも、照ちゃんならではだ。

茶袋の底に残っていたほうじ茶を入れ、ひと口含んでごくりと喉におくった。

ほのかな香りが鼻を抜ける。

「しょうがない……」

恵子は、湯飲みに残ったお茶をいっきに飲み干した。

弁当屋はスーパーの裏手にあって、川べりの道を通った方が近い。だが、薄明りのさすなか恵子はわざと回り道を選んだ。

拾うときに素早く辺りを見回したが誰もいなかった。たとえ遠目に見ている人がいたとしても、気ぜわしい都会のこと、いちいち覚えてはいないはずだ。それでも暫く川べりの道は避けるだろう。おそらく——そうする。

恵子の働く店は、安くて味がいいと評判だった。年中無休で午前七時には店を開ける。昼は圧倒的に男性客が多いが、朝は子や夫に持たせる弁当のおかずにと、惣菜を単品で買う主婦もかなりいる。

恵子のような早出のパートは、午前五時から客足がひと段落する九時までの勤務だ。

一人で洗い場を掃除していると、調理場主任をしている古参の社員が、親しげに近寄ってきた。

あいにく二日続きのどしゃ降りで客足が鈍く、惣菜や揚げ物が詰められないまま冷蔵庫で冷たくなっていた。

「この空模様だと今日も客の入りは期待できないし、少しなら残り物を持って帰っていいわよ」

勤め始めてそろそろ三年になるが、こんなことを言われたのは初めてだ。どういう風の吹き回しだろう？　気にかかったが、店主の妻の妹だと聞いていたし、角が立つのは避けたかった。それに、正直ありがたい申し出だった。

遠慮がちにビニール袋に詰め、「助かります」と礼を言って持ち帰った。


掃除洗濯を終え、いただいた煮物で朝昼兼用の食事を済ますと、ごろりと畳に体を投げた。短い時間でも横になっておかないと、午後のスーパーの仕事が辛い。

恵子のシフトは、午後二時から六時までの四時間だ。

スーパーといっても個人商店が大きくなった程度で、何でもそろっているが高級な品とかは置いていない。近所の主婦が、普段着で日常の買い物にやってくる。

恵子の担当は野菜で、白菜を切り分けてラップをかけたり、トマトをかごに盛って売り場に並べる。

「恵ちゃん……じゃないの？」

客に声をかけられた。見覚えはあるけれど、誰だったのか思い出せずに、同年輩の女性客をまじまじと見つめた。

「恵ちゃんでしょう。ほら、あたしよ。近所に住んでた」

思い出した！　幼馴染の美和《みわ》ちゃんだ。ひとつ年上の、よく遊んでもらったお姉さんだ。

「美和ちゃん！　ごめん、わかんなかった」

「お互い歳をとったってことだわ。あたしだって、おっかなびっくり声をかけたんだから」

「エー、懐かしいねえ。近くなの？」

「ううん、仕事をした帰り」

「仕事って？」

「ビルの清掃をやってる。時々担当する場所が変わるのよ。昨日からこっちに回されたってわけ」

高校を卒業して、料亭に住み込みで働くようになってからは、実家に足を向けることがなかったので、美和ちゃんともすっかり疎遠になっていた。

「恵ちゃん何時に終わるの？」

「あと少し、六時には終わる。美和ちゃん電車？」

「そう、久しぶりだし話そう。駅前のバス乗り場で待ってる」

「仕事が終わったら急いでいくね」

美和ちゃんは、バス乗り場のベンチに腰掛けて待っていてくれた。

「跡取り娘を後妻が追い出したって、近所のおばちゃんらが怒ってたけど、ほんとのとこどうなの？出てったきり家に寄り付かないし、おじさんが亡くなっても帰ってこないし、心配してたんだよ」

どこまで話したものか、恵子は迷った。

――いきさつはどうあれ、父はもう亡くなっている。店を継いだ慎ちゃんが、陰で何を言われようが知ったことじゃない。だけど、母は本当に父と慎ちゃんの間柄を知らなかったのだろうか？　それとも、気づいていて知らん顔を決め込んでいたのだろうか？　まさかそれは、ないと思う。でなきゃ慎ちゃんに、あんなに優しく接することなどできなかったはずだ。母が噂の種になるのは、それだけは……。

「ごめん、ちょっとわけがあって行けなかったのよ。美和ちゃんは今どうしてるの？」

恵子は探りを入れるように、それとなく訊いてみた。

「出戻ってさ、しばらくは実家の世話になってたんだけど……。兄嫁の手前居づらくてね。今は赤羽のアパートでひとり暮らし。恵ちゃんは？」

「美和ちゃんと同じ。近くのアパートでひとり」

「もしかして、ずっと？」

「……うん」

「そっかあ、まあいいんじゃない。あたしが言うのもなんだけど、分かり合ってると思ってた家族だって、些細な行き違いが積み重なるうちに、誰が悪いってわけじゃないのに気づいたらバラバラ、なんてこともあるからさ」

美和ちゃんがそうなのかと思ったけれど、立ち入っては訊けなかった。

「だけど美和ちゃんはいいわよ、実家に出入りしてるんでしょう？」

「向こうから用があるって言ってきたときはね。この歳になると兄妹っていってもさあ……いろいろあるのよ」

お互いどこからどう話したらいいのか、切っ掛けがつかめないまま、しばらく黙って座っていた。

「恵ちゃんさ、慎ちゃんが店をたたんだのって、もしかして知らないんじゃない？」

美和ちゃんが、いきなりとんでもないことを言い出した。

「うそでしょう！」

「ほんと、ほんと。慎ちゃんの長男ね、おじさんが亡くなったとたん、パティシエになるんだって、洋菓子の専門学校に行ったのよ。後妻さんも乗り気でさ、しゃれた洋菓子店にしたのはいいけど流行らなかったみたい。もともと借入金があったところに、改装に金をかけすぎたんだねえ。とうとう立ち行かなくなって、かたにとられることになったたってわけ。結局近所に挨拶なしで、家族でどっかに引っ越してったわ。まだ店はあるけど、買い手がつけば更地にして売りに出すって、銀行の人が言ってるらしいよ」

恵子は、膝が小刻みに震えるのを止めようと両手で抱え込んだが、両の手もいっしょに震えてきた。

――よそから入った継母も慎ちゃんも、代々続いてきた暖簾《のれん》に執着がないからだ。母さん、死ぬの、早すぎたよ！

気が高ぶって目がちかちかする。乾いた眼には、悔し涙もでてきやしない。どうしてそうなのか、わけがわからなかった。

実家の誰かと鉢合わせするのが嫌で、毎年母の祥月命日の前に墓参りをしてきたが、特に変わったところはないようだった。店を手放す羽目になっても、供養だけはしている。せめて、それだけはきちんとしていたのだと、恵子は胸をなでおろした。

「もう……いいかな」

フーと息を吐くと、つっかえ、つっかえ、恵子は話し始めた。

「慎ちゃんが父の弟子だってことは、知ってるよね」

「もちろん。慎ちゃんの母親が後妻さんなんでしょう」

美和ちゃんは、口をゆがめる恵子の気持ちを察して、足元に視線を落としたまま言った。

「そうなんだけど——。実はね、慎ちゃんはわたしの兄だったのよ」

「やっぱり！　近所で噂になったんだわ。ほら、歳がいくと親に似てくるっていうじゃない。慎ちゃん、だんだんと恵ちゃんのお父さんに似てきてさ、声なんかそっくり。声だけ聞いてたら間違えるって、兄貴がこぼしてたもの」

「わたしが家を出るって言ったとき、これまでだと思ったんじゃないかな。父が観念して話したのよ。継母は、父が母と一緒になる前に付き合ってた人で、慎ちゃんは実子だって。ひょっとしたらって、うすうす疑ってた。だから高校を卒業したら家を出ようと決めていたの。いつだって三人いっしょで、わたしだけ除け者だったからね。でも店は慎ちゃんに継がせるからって金を渡されたときは、頭の中が真っ白になった。だって、あの家は母の家で、わたしの生家で、父のものじゃないって気が、小さいころからずっとどっかにあったもの。それが口惜しいことに、母が亡くなってすぐ、父がなにもかも自分の名義にしてしまってた。わたしはまだ子どもだったから、何をされたのか全然わかんなかった」

「何とまあ……やるもんじゃないの。それで恵ちゃん、おじさんが亡くなっても帰ってこなかったんだ。今になって罰が当たったんだよ。うん、きっとそうだわ」

五十年以上経つのにあの時のことは忘れない。

始めは小声でボソボソ話すいつもの父だったが、一度口にした後は、堰を切ったように言葉を次から次へと繰り出してきて、しまいには有無を言わせないといった必死の形相で、目がつり上がっていた。

「先代が亡くなってからは、わしが季節ごとに意匠を凝らした菓子を作り、この店を支えてきた。これからは、慎を一人前の職人に育て、わしと慎でこの店の菓子を守っていくつもりだ。お前はこれまでお嬢さんとしてぬくぬく育ってきた、もうそれで十分だろう。わかってくれとは言わんが、これからは、わしらも幸せになっていいはずだ」

母の苦労には頬かむりで、なにもかも一人でしてきたような顔をして、三人で幸せになりたいだなんて――。

恵子は身じろぎもせず、仏壇の母をじっと見ているほかなかった。

「母が元気でいてくれさえしたら、こんなことには――」

声を絞り出す恵子に、どうにかして応えようとする美和ちゃんだったが、呆けたみたいに、口をパクパク動かしただけだった。

昔のままの、ちょっととろくて優しい美和ちゃん。純でにごりのなかった子どものころが、胸に懐かしさを超える重みで迫ってくる。恵子の眼にじわりと涙がわいてきた。

美和ちゃんは、見てはいけない、見てしまうと、気の利いた言葉のひとつもかけなくてはいけなくなる、とでも思ったか、プランターの花に覆いかぶさる雑草を抜き始めた。

「まめに手入をしないからダメなんだ」

美和ちゃんが、ひとり言みたいにぼそっとつぶやいた。

「うかうかと歳ばかりくってしまって。もうどうなってもいいかな……なんてね」

恵子は、まるで頓珍漢な繰り言をもらす。

「美和ちゃん、子どもは？」

「いい歳をしてウロウロしてる、ろくでもない息子が一人」

「やだ、美和ちゃんお母さんに似てきた。その口ぶり、そっくり」

恵子がひやかし半分に言った。

「そうかなあ、自分ではわかんないけど」

美和ちゃんは、ちょっと照れくさそうに前髪をかき上げた。

「また会って話そう」

「絶対だよ」

ケータイの番号を交換して、その日は別れた。


帰り道、恵子の足は浮き立つようにはずんだ。

記憶の奥に押し込めてきた、実家に背を向けてしまった事の訳を、わずかでも吐き出せたことで、今ならふわりと何処にでも吹かれていけそうな、そんな軽やかな気分にひたっていた。

「美和ちゃんに会えてほんとによかった。店のことは悔しいけど、いまさらどうにもならないもの。ちゃんと生きてさえいれば、きっとご褒美があるよね、母さん」

そこに居るはずのない母に、恵子はすっきりとした表情で語りかけた。

二

美和ちゃんは、恵子が働くスーパーにちょいちょい買い物に立ち寄るようになった。その後は、決まって駅前で待ち合わせて話し込む。

「こないだざあ、様子見がてら実家に寄ってみたのよ。そのとき兄貴が言ってたんだけどね、店の裏に恵ちゃんちの菓子工場が建ってるじゃない」

「うん、手狭だからって、祖父の代に建て増したって聞いてる」

「そこの土地って借地だったんだって。でね、地主さんの承諾が得られなくて、銀行も処分に困ってるらしいって」

「母さん、そんなこと言ってなかったけど……」

「おばさんも知らなかったのかな？　だけど、いつ話がついて取り壊されるかわからないんだし、一度見といたら」

恵子は、黙って足元の小石を車道に向けて蹴り飛ばした。

「いまさら行きたくないか、そうだよね。ごめん、余計なお世話だった」

「違う、違う、そうじゃないのよ。生まれ育った家だもの、行きたいよ。壊される前に見ておきたいよ。だけど見てしまったら――」

美和ちゃんは、いぶかって恵子の顔をチラッとうかがったが、その沈んだ眼に戸惑ったのか、話のやり取りはふっつりと途切れてしまった。

少しだけ気まずい空気が漂ったが、幼馴染の心やすさから、後を引かないことはわかっていた。

沈黙を破ったのは、美和ちゃんの方だった。

「立ち入ったことなんだけどさ、おじさんが亡くなった後の相続はどうなったの？　恵ちゃんにも権利はあるんだから、放棄してもらうんなら恵ちゃんのハンコがいるはずでしょう。あたしんちは借家だから大した財産はなかったけど、それでも父が亡くなったときは、形見分けの代わりだからって、兄貴が少しばかり金をよこしたよ」

美和ちゃんの家は路地裏にあって、刃物砥ぎを生業にしていた。

「何も言ってこなかったし、よこさなかった。あんな人だから、店や土地の名義は、生前に奥さんや慎ちゃんに変えてたんじゃない」

「後妻さんにたきつけられたのかもしれないけど、父親でしょう、薄情だよね。慎ちゃんにしたって兄には違いないんだしさ、なに考えてんだろ」

恵子は未だにはかりかねている。

慎ちゃんはいつ兄妹だと知ったのか？　弟子に入るときには知っていたのではないか？　もしそうなら、少しは態度に出ててもよさそうなものだが、おくびにも出さなかった。それどころか、「旦那さん、奥さん、お嬢さん」と、使用人の姿勢を崩したことがない。

母親似のノッペリした顔は、いつも無表情だった。あれはいったい——。

「慎ちゃんを兄だって思ったことは……ないわね。家を出るときも見送ってくれなかったもの。これで店が人手に渡ってしまったら、親も、兄弟も、財産も、きれいさっぱりなんにもなし。気持ちがいいくらいスッカラカン」

「……家を出るとき、おじさんに金をもらったって」

「そんなのいつまであるのよ。とっくに使ってしまったわ」

美和ちゃんがニヤニヤしながら言った。

「恵ちゃん変わった。昔はかわいいお嬢さんだったのにさあ、なんかこう強くなったというか……ウーン、しぶといおばさん！　じゃないか、おばあさんになった」

「あったり前でしょう、いくつだと思ってるのよ。お互いにね」

「違いない！」

ふがいないやら、おかしいやら、二人して手をたたいて笑った。

美和ちゃんと別れて、恵子はひさかたぶりに川べりの道を歩いた。

さわさわと袖を通り抜けてゆく風が心地よい。

「ひとりってのも……いいもんだわねえ」

心持ちが、すんなり口をついて出た。

美和ちゃんと打ち解けて話していると、気兼ねなく寛げる。こわばっていた体がゆっくりほどけて、胸のつかえがおりるのだ。

これまで頑なに人との垣根を高くしてきた。そうするしか自分を守れないと気張ってきた。

それが……ゆるりと生きていいのだと、今は思える。

だけど、美和ちゃんに「おばあさん」になったと言われたときは、なんだか居心地が悪くて落ち着かなかった。どうしてだろう？　そういえば、ちかごろ男だとか女だとか取り立てて意識しなくなっている。

——歳を取ると、ややこしい関わり合いから解き放たれるってこと？　だとしたら、そわそわするなんてくだらない。「おばあさん」も悪くないじゃないの。

恵子にフフッと含み笑いがでた。


久しぶりにぐっすり眠った後、気分良く弁当屋に出かけたのだが、この日はひと騒動起こった。

仕事終わりに、店主が早出のパート全員を集めて「商品を無断で持ち帰っているだろう」と言い出したのだ。

犯人探しが始まった。

手提げ袋の中を見せ合ったが、商品をくすねている者はいない。

「抜き打ちで調べるからな！」

店主は腹立ちまぎれに空の油缶を蹴り飛ばした。

押し黙って店を後にした恵子を、数人のパートが追いかけてきた。

「おばちゃんさ、主任さんに残り物を持って帰っていいって言われたことない？」

一人が声を潜めて訊いてくる。

「いきなり何？」

恵子は心臓がバクバクするのを感じながら平静をよそおった。

「おばちゃんだってもらってるんじゃないの。みんな引っかかってるんだから。うちらね、もしかするとし主任さんの隠れ蓑に利用されたんじゃないかって、ねえ」

「そう、そう」

　まわりが口を合わせた。

「隠れ蓑って、どういうこと？」

「主任さんさ、パートが一人の時をねらって、残り物を持っていけって持ち掛けるの。見られてたら遠慮するよね、だから誰もちょっとしかもらわない。そうしといて、自分は家族分をちゃっかりせしめてるみたいなの。うすうす気づいていても誰も告げ口したりしない。できないでしょう、自分ももらってるし主任さんは奥さんの妹なんだから」

　恵子も一度きりだったが誘いに乗ったことがある。あの時はああするしかなかったし、そんなにいけないことをしたとは思わないけど、知ってしまえば普通にいい気はしない。それにしても、情けないほどしみったれた話だった。

　恵子は、すっとぼけた。

「昨日今日のことじゃないんでしょう、どうして今頃になって？」

「それよ、おばちゃん何か知らない？」

「ごめん、私の耳には入ってこないわ」

「やっぱりね」

納得したかどうかわからないが、ひそひそ話しながら去っていった。

「なんにもできないくせに！　どっちみち、誰かがどうにかしてくれるのを待ってるだけなんだから」

小声で謗《そし》る恵子の頬は、ひくひくと引きつっていた。


ぽつり、ぽつり、雨粒が額を打った。

風に追われて、川向うから鈍色《にびいろ》の雲が恵子に迫ってくる。

焦っても足が思うように動かない。歳のせいというよりは、それなりの苦労をしてきた割に肝が据わっていないからで、不意をつかれると気持ちがぐらついて、体までぎくしゃくしてしまうのだ。

アパートに着いたときには髪からしずくが垂れ、靴の中までぐしょぐしょだった。

「ありゃー、ずぶ濡れだ」

ドアの前に照ちゃんが立っている。

雨音に負けないほどの聞きなれたわれ声に、ほっとする。照ちゃんはヘビースモーカーで、声がガラガラなのだ。

「似合いだから結構気に入ってるんだ」と、本人に気にする様子は全くなかった。

「待っててくれたとか？」

「はーい、待っとりましたよ。今日はスーパーの仕事がない日だよね。いっしょに飲もう」

照ちゃんは、焼き鳥の入った袋と焼酎の瓶を、恵子の鼻先でブラブラ揺すった。

スーパーも弁当屋も、仕事が途切れることはあるが、大体に週三日勤務の一日四時間だ。シフトの都合で勤務日が被ったり、そうでなかったり、日によってまちまちだった。

本当はいけないらしいのだが、恵子の時給は若いパートより安い。そのうえ、だんだんとシフトを減らされている。それでも自分の歳を考えると、辛抱するしかないと諦めていた。

「とにかくシャワーしといでよ」

どうやって暮らしを立てているのか、子どもはいるのか、これまで照ちゃんに訊こうとして、そのままになっていたことがいくつかあった。なのに、熱いシャワーを浴びて体が温まったら、そんなのどうでもよくなった。

恵子はフリーマーケットで買ったスウェットに着替え、照ちゃんと飲み始めた。

「このところ何をするのも大儀くってね。照ちゃんは、そんなことない？」

「あるよ、もうさあ息をするのも面倒くさい。こんなんじゃいけないと思ってジタバタしたこともあったけどさ……自分の力じゃどうにもならないんだわ。でね、こうなったらとことんしぶとく生きてやろうって、開き直ってる」

「なにそれ」と軽く返したが、照ちゃんの気持ちが少しだけわかる。何とかしなければと、いろいろやってみても、やっぱりどうにもならなかったのは、恵子も同じだったから。

「まじめに働いて自力で生きて一人前とか、お気楽に言い立てる連中って、なんなの。マジで腹が立つんですけど。自分がちゃんとした仕事に就いて、いい稼ぎがあるから、それが当たり前だと思ってる。やってきたわよ、わたしだってそれなりに。でもこのていたらくで、どんなに頑張ったって貧乏暮らしから抜け出せやしない。こうなったら、世の中の当たり前なんか、まとめて全部ぶっ飛ばしてやる！」

昼間の酒は酔いがまわるのが早い。恵子はいきなり気炎を上げた。

「はい、はい。だけど世間の通り相場にはそれなりの理由があって、ぶっ飛ばしちゃいけない一線も……あったりしてさ」

はい、はい、の後は、だんだんと声が小さくなって、照ちゃんの言っていることが所々聞き取れなかった。

「どういうこと？」

「別に……。人によるかな、恵ちゃんは……どうだろう」

酔いも手伝って、ひごろの憂さを意気込んでまくし立てた恵子だったが、出端《でばな》をくじかれてしまった。お見通しのとおり、そんな芸当ができていたら、ここにこうしてはいない。

「あんたは、騙すより騙されるほうだと思うからさ」

畳に腹ばいになり、頬杖をついた照ちゃんの話しぶりは、どことなく投げやりだった。

何を言いたのかわからなかったけれど、背を向ける照ちゃんをなんとなく問い詰めてはいけない気がして、「そうかなあ」と気のない返事をした。

体裁の悪い話だが、家を出るとき父にもらった金を失うことになったのは、恵子が料亭で働き始めたころ、板場にいた男の口車に乗って貢いでしまったからだ。

「あんちきしょう、見つけたらただじゃ置かない！」と憤っていたのも若いうちで、今思い出すと、胸のあたりがぽっとするからおかしなものだ。

おちゃらかしていたようでも、照ちゃんは人をしっかり見ていると、妙に得心がいった。


二日ぶりにスーパーのシフトが入っていた。

仕事を終えた後で、いつものとおり美和ちゃんと待ち合わせていたが、約束の時間を過ぎても姿を見せない。仕方なく帰ろうとベンチから腰を上げたときに、美和ちゃんが息せき切ってやって来た。

「待たせてごめん、ちょっとあってさ」

「だいじょうぶ？　次にしてもよかったのに」

「平気、平気、いつもの息子とのやり合い。困ったもんだわ」

美和ちゃんは、平気と言いながら、ため息をついた。

「何があったの？」

「今に始まったことじゃないけど、どうしようもないやつでさ、追い出してやったんだけど金に困るとやってくるのよ。競馬ですっちまって、すってんてんになったらしいわ。あれでもあたしが産んだ子だから、ほっとけないしね。もう、どっちかが死ななきゃ終わんない」

どっちかが死ななきゃなんて、親だからそんな軽口がたたけるのだと、恵子はちょっぴり妬ましく思った。

「大変だったね」

「あいつ、財布から強引に金をぬいてってさ」

美和ちゃんは、腕の擦り傷にちょんちょんと指で唾を付けた。

「痛そう」

「まったく、馬鹿力なんだから」

息子に金を巻き上げられまいとして、それでも情に負けて渡してしまったのだろう。どう声をかけたらいいか考えあぐねていると、「恵ちゃん、悪いけど少しばかり融通してもらえない？」

消え入りそうな声で、美和ちゃんが頼んできた。

恵子にも余裕があるわけではない。暮らし向きはかつかつだった。

「お金ないよ。知ってると思うけど」

「だめ？　次の給料で必ず返すから」

財布には、千円札が三枚と小銭が少しばかり入っている。

「二千円……だめかな？」

美和ちゃんが中を覗き込んで申し訳なさそうに言う。

二千円貸してしまったら、一週間後にパート代が入るまで食費がもつだろうか？　せっかく貯めた金を崩したくはなかった。

病気で働けなくなった時のために、恵子は小銭をこつこつ貯めて三十万円ほど蓄え、使ってしまわないよう定期にしていたのだ。

「千円だけなら――」

恵子は渋りながらも金を渡した。

「悪いね」

美和ちゃんは、金を額に押しいただいて財布にしまった。

三

無心はそれだけで終わらなかった。

千円返してもらっては二千円貸す。二千円返してもらっては三千円と、貸金はみるみる一万円ほどに膨らんでいた。

返してほしいと、遠回しにでも言いたいところだが、恵子にはそれができない。その分余計に疑心がつのる。美和ちゃんは返す気がないのではないか？　もしかして、初めから幼馴染という立場を利用しようと、懐かしいふりをして近づいてきたのではないか？　あれやこれや考え始めると、気が滅入った。

照ちゃんに相談を持ちかけても、それ見たことかと鼻で笑われそうで、きまりが悪い。

とりあえず美和ちゃんのアパートを訪ねてみよう、恵子は心を決めた。

詳しい住所を聞かされてはいなかったが、赤羽公園前の道をまっすぐ行った先にある、米屋の脇を入ったあたりだと、話の端々から大体の見当はついている。

赤さびの目立つ古アパートの階段を、六十をだいぶ過ぎた男が、裸足で転がるように駆け降りてきた。背後から射貫くような鋭い声が飛んでくる。

「このごくつぶしが、二度と帰ってくんな！」

あの声は、もしかして美和ちゃんじゃ！　恵子は咄嗟に電柱の陰に身を隠した。

出てきたのは、やはり美和ちゃんだった。美和ちゃんは、サンダルや髭剃り、まくらや箸などを、男めがけて次から次へと投げつける。

「懲りないねえ。きちんと片付けときなよ」

下の階の小窓から、女の人が顔を出して迷惑そうに言う。

恵子は、美和ちゃんが力いっぱいドアを閉める音に耳を塞ぎ、そろそろと後退りした。

——息子ではなかった！　金の無心は男のためだったのだ。ほんとにもう、どこまでお人好しなのよ。長いあいだ会ってなかった幼馴染なんて、そんなもんだって。変わってないなんて思うほうが、どうかしてる。

ここは怒ってもいいところなのに、恵子の気持ちはさめていた。へらへら笑っておしまいにしたかった。

赤羽の呑ん兵衛横丁には、早くから開けている店がある。

「手持ちの金を全部使ってしまおう。厄払いだ」

周りに聞こえるように、わざと声に出して言った。


一番街のアーチをくぐると、飲み屋が軒を連ねている。なかには「酔っ払いの人はお断り」の紙を、人目に付きやすい所に張った面白い店もある。

通りをそれて細い路地に入り、ひしめき合う赤ちょうちんに圧倒されながら、ウロウロ探しまわったすえに、地味な佇《たたず》まいの店に入った。

飾っているが女将はどう見ても八十は過ぎていて、スポンジのはみ出た椅子がカウンターの前に乱雑に置いてある。すでに四人の男性客が陣取っていた。

恵子より若そうなのが二人と、同年配に見えるのが一人。少し歳がいっているのが一人。四人ともすでに出来上がっているようだ。

「なんにしましょう？」

女将が訊いてくる。メニューも品書きも何にもない。

「チューハイでいいよね」

壁やカウンターの上を見回す恵子を横目に、チューハイとつまみが勝手に出てきた。

男たちの呂律《ろれつ》はあやふやで、相手に話が伝わっているかどうかお構いなし、自分の言いたいことをてんでに喋っている。

「そうだろう、お姉さん」

客の一人が話しかけてきた。何がそうなのかわからなかったが、相手が楽しげにしているのにつられて、「そうね」と相槌を打った。

これがいけなかった。あちこちから一斉に声がかかる。意気込みは伝わるのだが、言ってることがまるでごった煮状態で、誰の話から聞けばいいのか、まごついてしまった。

「お姉さん、いっしょに飲まないか？」

「忠告しまーす。酔っ払いを相手にしてはいけません」

「へんてこな連中だけど気はいいからさ、楽しくやろうよ」

いちいち取り合ってはいられなかった。

そのうち恵子にものみ込めてきた。店では名前など必要ない。「博士」、「赤べこ」、「和尚」、「うらちゃん」と、女将がつけた呼び名で足りる。客どうしの面倒なルールはなし。好きなように飲んで、たわいない話をして、それぞれ思うとおりにふるまって。ここは自由気ままな呑ん兵衛天国だった。

最初に話しかけてきたのが「赤べこ」で、少し歳がいっている。ハンチングをかぶった理屈っぽいのが「博士」。博士は同年配に見える。抹香くさいのが「和尚」、声の大きいのが「うらちゃん」で、二人は恵子より歳若のようだ。

「あんたはメイちゃん、かな」

見た目で、女将が恵子に適当な呼び名をつけた。

「なんで、ねえ、なんで」

うらちゃんが、駄々っ子みたいに肩をゆする。

「なんだっていいだろっ」

女将が一喝した。

いい歳をして、うらちゃんは甘ったれなのか？　笑いをかみ殺しているのを感づかれないように、恵子は下を向いた。

「相手にしないでやってください」

博士がもっともらしい顔でこっそり言う。

「気取りやがって。こんなんで、すいませんね」

耳ざとい赤べこが、横から割り込んできた。

「こいつ会津の出で、こまいころ母ちゃんに買ってもらった張り子の赤べこを、この歳で後生大事に持ってるマザコンなんすよ」

うらちゃんは、調子にのって赤べこをからかう。

「母ちゃんはよお、蔵が三つもある旧家の出で、おっとりして品が良かったんだよ」

懐かしい母への思いを抑えきれなくなったのか、赤べこが、にわかにお国訛り丸出しでウルウルしだした。

「わかってるからさ、そのへんにしときな」

和尚は赤べこの背中をさすり、うらちゃんを「よしなって」と、たしなめた。

「じゃれ合いです」

博士が、恵子に柔和な顔を向けた。

あけっぴろげの人情が絡まり合い、わけもなく周囲がなごやかになる。これまで恵子が味わったことのない雰囲気だった。

記憶が確かなのはここまでだ。後はうろ覚えではっきりしない。

酔いがすっかりさめたときには、真っ暗で誰もいなかった。仕方がないと思い切り、カウンターに突っ伏してそのまま眠った。

朝になっても外から鍵がかかっていてどうにもならない。手持無沙汰を持て余し、店中を掃除して女将が来るのを待った。

「ごめんよ、遅くなって。いつもは昼過ぎには開けてんだけど、寝過ごしちまって。眠れたかい？疲れてるようだったからそのままにしといたんだ」

生あくびをしながら女将が顔を出したのは、昼もだいぶ過ぎて、二時をまわるころだった。決まった時間に店を開けているわけでもなさそうだ。

「おやまあ、掃除してくれたんだね。きれいになって、正月以来だわ」

確かに相当汚れていた。女将も客たちもあまり気にならないのだろう。勘定をしてもらって店を出た。驚くほど安い。

「そっちじゃないよ、こっち、こっち。迷わないで帰んな」

振り返ると、女将が反対の方向を指さしている。恵子は教えられたとおりに歩きだした。目を細めて見上げた空は、底抜けに青い。路地を縫うように吹く風も、心なしか青みがかった匂いがする。

帰るとアパートの前に人だかりができていた。

「何かあったんですか？」

住人の一人に尋ねると、ぴたりと体を寄せてきて、そっと耳打ちした。

「あんたの隣の人が逮捕されるんだって、びっくりしたわ。ほら、テレビに出ていた地面師の仲間で、なりすまし役だったそうよ」

「地面師？」

「知らないの？　地主をよそおって勝手に他人の土地を売り払う、あれよ」

恵子はテレビを置いていない。新聞もとっていない。あるのはラジオだけだ。

ニュースは聞かないようにしていた。国会がどうたら聞いてもチンプンカンプンだし、聞いて暮らしが楽になるわけでもないし、自分に関係のないことばかりで興味がないうえに、聞いて腹が立つのも嫌だった。もちろん、地面師がどういうものなのかも知らなかった。

照ちゃんがいったい何をしたっていうのか？　にわかには起きていることが理解できなかった。

「愉快な人だったのに――」

「まさか、だよねえ」

照ちゃんは手錠をかけられ、数人の警官に取り囲まれて出てきた。

いっせいにカメラが向けられ、カシャカシャと乾いた音が辺りに響いた。

驚きのあまり手で口を覆う恵子の目の前を、顔を伏せた照ちゃんが連行されていく。

パトカーに押し込められるとき、一瞬こちらに顔を振り向けた。わずかに首を横に振ったように、恵子には見えた。

「声をかけてはいけない」とでも言いたかったのだろうか？

恵子は呆然と突っ立ったまま、視界から消えるまでパトカーを目で追った。


あくる日、警察が事情を聴きにきた。

不審な者が出入りするのを見たことはないか、預かっている物はないか、しつこく聴かれたが、知らないとしか答えようがない。照ちゃんは何も話さなかったし、何も預けなかった。いつかはこうなるとわかっていて、巻き込むのを避けたのだと思った。

——照ちゃんは誰かを騙したかもしれないけど、少なくともわたしには偽りなく接してくれた。美和ちゃんだって、息子がいるのは嘘じゃないだろう。幼馴染を欺いてまで金を借りたのは、そうするしかなかったからだ。これまでに貸した金は返してもらわなくていい、美和ちゃんの電話には出ないでおこう。もう、これっきりだ。

恵子は近所の小店で今川焼を三つ買った。

歩きながらかぶりつく。うまいのか、まずいのか、味わう間もなくがつがつとむきになって全部平らげた。空っぽの袋をくしゃくしゃに丸めて前掛けのポケットに突っ込むと、立ち止まって、人目をはばからずウーンと背伸びをした。

うそ偽りのない、まったくの「ひとり」。

恵子は、心細いというよりも、むしろさばさばしていた。一方でそんな自分が解せないでいる。

思いもよらない出来事が重なって、弁当屋もスーパーも、シフトが入っていたのに出なかった。無断で仕事を休んだのは今回が初めてだ。

思い返せば、ずっと頭を下げ続けてきた。下げたくて下げていたのではない。習い覚えた世渡りの術、それだけのことだ。これ以上、下げたくもない頭を下げるのは真っ平ごめんこうむりたい。

えいやっと、崖から飛び降りる勢いで横着を決めこみ、部屋にこもった。

これが三日続くと立ち上がるのも億劫になる。恵子は、もうどうにでもなれと、捨て鉢に自分を突き放した。

仕事先から連絡があったのは一度きりで、二度はないと思っていたが、そのとおりだった。だらだらと時がたって、一日二食が一食になった。十日も過ぎるころには、はなから乏しい冷蔵庫は空っぽになっていた。

水だけ飲んでいても出るものは出る。これが、温かい。

――生きてるんだし、どうにかするしかないか。

近くのコンビニで弁当を買おうと、恵子は起き上がった。

空腹感はなかったけれど、日差しを避けて歩いても、足もとがおぼつかない。目に刺さる街の風景が色を失っている。瞼を瞬いた。行き交う人もモノクロで、さながらスローモーションのように、ゆっくりと傍らをすり抜けてゆく。ぼんやり振り返ったこれまでのあれこれも、意識の中でセピア色に塗りつぶされていた。

久しぶりのまともな食事だったのに、半分ほど食べたら満腹になってしまった。それでもゴロンと横になってしばらくすると、弱った体に力が戻ってきた。

　恵子は、何もかも心得て包み隠してくれる、呑ん兵衛横丁の底知れぬ懐に引き寄せられた。

　あの辺りだと見当はついても、なにしろ横丁は迷路のようで、探し回るうちにどこを歩いているのかわからなくなった。

　屋号を記した看板のそばでしゃがみこんでいると、「メイちゃん」と肩をたたかれた。うらちゃんだった。

「こんなとこで、何してるの？」

「あーよかった。お店に行こうとしたんだけど、迷ってしまって」

「慣れない人はそうなるよね。ついといで」

　うらちゃんの後をついて歩くことほんの数分でたどり着いた。案外近くまで来ていたのだ。

　今日は臙脂《えんじ》に白抜きの暖簾が掛けてあった。文字はかなりくすんでいるが、大きく「えんま」と、かなで抜いてある。

「こないだは掛けてなかったけど、暖簾にある『えんま』って、まさかあの？」

「そう、ここは冥土の入り口で、女将は大王ってとこかな。だけど歳でさ、ときどき掛け忘れるんだ。まあ、入んなよ」

建て付けの悪い引き戸を持ち上げながら、うらちゃんが「お客さんだよ」と女将を呼んだ。

「そんな大声を出さなくても、狭い店だ、聞こえてるよ」

奥から女将の野太い声が返ってきた。

「来てしまいました」

「おやメイちゃん、いらっしゃい。よく来たね、その辺に座んな」

「ねえ、年金の支払い通知が来てない？」

女将が、うらちゃんにハガキを放ってよこした。

——年金の支払い通知って？

怪訝そうな恵子に向かって、うらちゃんが「俺の住所はここなの。立派な無職だけど、住所不定ではないってわけよ」と、顎を上げた。

「俺ね、ここに住所を置かしてもらってるの。『赤べこ』は同郷の工務店に、『博士』はＮＰＯに、『和尚』はフードバンクをやってるお寺に、それぞれ世話になっててさ。ほら、年金をもらうには住所がいるだろう」

うらちゃんは、しれっとした顔をしている。

聞いても、それほど意外には思わなかった。ひょっとしたらそうかもしれないと、なんとなく察していたからだ。

「つまんないこと喋ってんじゃないよ」

でっぱった腹をカウンターにこすりつけながら、女将がチューハイを持ってきた。

「つまみがなくてさ」

冷凍の枝豆が、深めの小鉢の中で乾いた音を立てる。

「ありあわせで何か作りましょうか？」

「そうかい、助かるよ。今日は膝の具合がよくなくてね。まったく歳は取りたくないもんだ」

女将は、調理台の端においた丸椅子に、「よいしょ」と腰をおろした。

弁当屋で働いていた恵子には訳ないことで、手早く胡麻和えやきんぴらを作り、味見をしてもらった。

女将はうなずき、「うまいよ、メイちゃん。これうまい」と、うららちゃんが多少オーバー気味にほめる。

しかし恵子は上の空だった。じりじりと追いつめてくる熱気に、頭のてっぺんから足の先まで煽られていたのだ。のぼせを冷やそうと、凍《し》みがとけきっていない枝豆をシャリシャリかじっていたが、上気した顔で突然立ち上がると、ひと息に言った。

「わたしも住所をここに置かせてください」

「いきなり何言い出すの！　俺たちのことわかってる？」

うらちゃんが椅子から跳ね上がった。

「いいじゃないか、そうしたいなら、それで。あたしは構わないよ」

女将は涼しい顔をして、わけを訊こうともしない。恵子が酔いつぶれたときも、そっとしておいてくれた。

「だけど……さあ」

「ぶつくさ言ってないで、メイちゃんにトランクルームとか簡易宿泊所のことを教えてやんな」

「……わかったよ」

うらちゃんは、わかったと応じながらも首をかしげ、恵子の耳元で「考え直したら」と、声を落とした。

「変でしょう、なんか壊れてしまったみたいなの。間違えないように踏ん張ってきたつもりだけど、いいことなんかなくて。パツン、パツンと、音を立ててタガが外れたっていうか、心が挫けて気力が湧いてこないっていうか。身の置き所はないし、先は見えないし。からっきし意気地がないんですよね。だけど、ここなら意気地なしのままで生きられるかもって、思ったんです。なら、いっそ素っ裸になってみるかって……うまく言えなくてすみません。決めたのは今の今ですけど、わたしはだいじょうぶですから」

「素っ裸だって！」

うらちゃんが目をまんまるにして、上ずった声をあげた。

女将はそっぽを向いて、「しょうのない男だねえ、覚悟の前ってことだろう」と相手にしない。

「そうまで言うなら……みんなと相談して、一番いいとこを教えるよ」

戸惑っている様子だったが、しまいには請け合って腰を上げた。

「お世話になります」

「エー、俺そんなこと言われたのって、初めてだよ」

うらちゃんは嬉しそうに身をよじって、「まかせて！」と勢い込んで店を飛び出して行った。

――これだと、はっきり言える切っ掛けって、なんだったんだろう？　納得できるほどの答えはひねり出せないけど、こんなにも違和感なく落ち着ける場所はなかったし、常識を外れて歩き始めるなら今だと思ったし、自分が壊れてしまったと思ったのも、意気地なしのままでいいと思ったのも、うそじゃない。うらちゃんと同じ暮らしができるか、自信はない。なくても……やってみるしかないだろう。いまさら後には引けないし、引いてもこれまでの繰り返しになるだけだ。まさか、もののはずみでこうなったとか？

あれやこれや綯《な》い交《ま》ぜになって、考えを纏められなくなった。

それでも恵子は成り行きに逆らわないと決めた。思いがけず巡ってきた縁だった。「これでいい」そう自分に言い聞かせた。

四

アパートを引き払って呑ん兵衛横丁に移るまでの数日間は、まるで大津波に襲われた木っ端みたいに、もみくちゃになりながら流されていた。

シンクの扉を開けて片付けていた時のことだ。

上に何か張り付けてあるのに気づいて剝がしてみると、油紙で厳重に包まれた封筒だった。中を見て、恵子はその場に思わずへたり込んでしまった。輪ゴムでくくられた古い札の束と、照ちゃんの走り書きが入っていたのだ。

「楽しくやろうね。これからもよろしく」だなんて、照ちゃんらしいふざけた書きようで、恵子は笑いながら、にじみ出る涙を指先ではじいた。

――紙幣はよれよれの古いものだし、詐欺の分け前とは違う気がする。苦労して貯めた大事な虎の子を、ここに隠しておいたのではないか。刑期を終えて出てくるまで、預かっておくしかないだろう。その後どうするかは、照ちゃんが決めることだ。

大金を前にして、どうしたらいいのかわからなくなった恵子は、照ちゃんが決めることだと、自分の優柔不断をごまかしてしまう。

とどのつまり、いくらあるのか確かめもせず、震える手で札束を包みなおして、走り書きといっしょに手提げ袋にしまいこんだ。

ケータイを解約してしまったので、照ちゃんが出所した時のために、連絡先を書いたメモを大家さんに渡しておいた。

不用品の処分は、照ちゃんの部屋を片付けにきた業者に依頼した。業者が挨拶に来た折、名刺をもらっておいたのが役に立った。家財道具はリサイクルショップで買ったもので、たいした品がなかったにもかかわらず、売却代金で引き取り料が少しはまかなえた。

うらちゃんに案内されて、トランクルームに身の回り品を預けに行ったのだが、寝具と着替えが主なもので、ボックス型で用が足りた。札束を入れた包みは、あらかじめ下着にくるんで、荷物の中に忍ばせておいた。

「これで俺らの仲間ってことだ。よかった、よかった」

「よかったんだよね……これで。せいせいしてるのは本当だもの」

ぬぐい切れない不安をかぎ取ったのか、うらちゃんが「俺たちがついてるから」と、胸を張って恵子を勇気づけた。


その日の夜は、うらちゃんが声をかけて、博士、赤べこ、和尚が集まり、ささやかな歓迎の会が開かれた。

「おごりだよ」

女将が簡単なつまみと酒をふるまう。

理由もなく乾杯を繰り返した後で、どこでどうしているのか、ひとりひとり自分のことを語った。

博士は、NPOの炊き出しがある日は手伝いをして、ほかの日は書店と図書館巡りが日課だ。たまに「えんま」に顔を出し、後はネットカフェで仕事をする。居場所を定めない自分の生き方をネタに、稼いでいるそうだ。

正直、恵子には話の内容がまるっきり理解できなかった。ただ、どうして「博士」と呼ばれているのかは、よくわかった。

赤べこは、工務店の資材置場や駐車場の掃除をする代わりに、会社のプレハブ小屋を「ねぐら」として使わせてもらっている。

「頼まれたわけじゃないけど、夜の見回りもしてるんだ」と、後ろ頭をぽりぽりかいた。

和尚は、フードバンクの食糧配布の日にはボランティアとして働き、配布のない日は境内や墓地の掃除をする。引き替えに、住職の許しを得て、墓地の横のお堂で寝泊まりしていた。檀家の人も、手間が省けると大目に見てくれている。

抹香臭いのは、そのせいだった。

うらちゃんは、昼間はショッピングセンターのベンチでうつらうつらして、日が傾くころ「えんま」にやってくる。夜は終夜営業のコインランドリーに居続け、そこで明け方まで時間をつぶす。テーブルや椅子、飲み物の自動販売機も置いてあるが、客商売の女性の中には洗い上がりを待てない人もいて、彼女たちの仕事が終わるまで、うらちゃんが洗濯物を預かっておく。

「これでも重宝されてるんだぜ」と鼻が高い。

恵子もここに至るまでのいきさつを話そうとしたが、博士にやんわり手で押しとどめられた。

博士の「ほやほやの『ストリーカー』さんです。その話はおいおいってことで、どうでしょう」という考えを、「うん、それで」とか、「話したくなったら、話したらいいよ」とか、それぞれが思い思いに受け入れた。

「ストリーカーって？」

ぽかんとする恵子に、ちょっと困ったような表情を浮かべて、博士が解説してみせた。

「そうだねえ……直訳すれば、裸で人前を駆け抜ける人ってことだけど、空気を読まず世の中の秩序をかきまわす者、といった方が穏当かな」

わかりやすく説明してくれたのだろうが、さっぱりわからなかった。

「メイちゃん、俺たち博士みたいに難しく考えて生きてないから」

コメディアンよろしく、うらちゃんが恵子に向かって両手を広げ、肩を左右にゆすりながら舌をだした。

うらちゃんのこっけいな言動には慣れっこなのか、博士は気を悪くするどころかニコニコしているし、俺たちと、ひとくくりにされた和尚と赤べこは、知らん振りをして飲んでいる。

これまでと違う環境に馴染めるのかと、緊張していた恵子だったが、あたりに満ちるほんわかとした空気にふれて、へだたりのない付き合いができそうだと、安堵の胸をなでおろした。

博士は、ネットカフェで寝ることもできるしシャワーも使えるが、ほかの三人は、ときどき簡易宿泊所でシャワーを使い、手足を伸ばしてゆっくり眠るのだという。道理でみんなこざっぱりしている。

それぞれが知恵を絞って、心のままに「ストリート」を渡り歩いていた。

「女将さん、これからお世話になるんですから、わたしに店の掃除をやらせてください」

住所を置かせてもらう手前、何かしらの役に立たなくてはと恵子が申し出た。

「そんなこと言われちゃ、俺どうすりゃいいの？」

「ひぇー、お前にできることがあるのか」

困り顔のうらちゃんを、赤べこがおどけて茶化した。

「あんたはいいんだよ。そうだねえ、メイちゃんにはお願いしようか。腰も膝も悲鳴を上げだしたからさ」

女将は、素知らぬ顔をして膝小僧をさすっている。

吹き溜まり

一

恵子は、真《ま》っ新《さら》な生活に足を踏み入れた。

うらちゃんが教えてくれた宿は格安のカプセルホテルで、横丁の近くだから通うのに便利はいいし、女性専用のフロアがあって安全なのだそうだ。

安いといっても、毎日となると年金だけでは足が出る。

――しばらくこのままでいいかな。世間から望んでこぼれ落ちたんだから、こせこせしないでおこう。この先どうなるかは、お楽しみだ。

恵子は女将にカギを預かっておき、朝早くから店内を片付けて、隅々まできれいにした。不慣れで行くあてはないし、ここで、自分にもやれることがある、というのがありがたかった。何もしないで、以前のように立ち上がれなくなるのが怖かったのだ。

ついでに、冷蔵庫にある材料で「お通し」を作り、女将が来るのを待つ。これが毎日の決まりになった。

ひと月もすると、買い出し用にと女将が金を渡してくれるようになる。

どうやりくりするかは腕次第で、「余った金は取っておきな」と言われたが、恵子はその分を次の日の仕入れに回して、酒の肴の内容を豊かにしようと気を働かせた。

恵子は、母がしていたようにイリコとカツオで出汁《だし》をとり、お値打ちの品を吟味して、煮物やあえ物を手間暇かけて丁寧に作った。作ったものは大鉢に入れて、カウンターの前にある台の上に並べ、客が好きなものを選べるようにした。

「この里芋の煮っころがし、関東風の味付けの割には出汁の風味が残っていてうまいねぇ」

「生姜を入れて煮込んだぶり大根、こってりして最高だな」

「菜っ葉って青臭くて苦手なんだけど、小松菜とうすあげのさっと煮たやつ、これいけるね」

恵子がこしらえるおふくろの味は、年配客だけでなく若者にも意外な人気で、口コミで評判が広がり、「えんま」はしだいに客足の絶えない繁盛店になっていった。

満席で店に入れないことが度々あるようになると、席数を増やして椅子も新しくしてはどうかと常連が言い出した。

そのためには、店の隅に積みあがったガラクタを整理しなくてはいけないのだが、「これはいる。それも捨てちゃダメ」と女将が聞き入れない。

恵子は、おそるおそる持ちかけてみた。

「トランクルームに預けるのは、どうでしょう？」

「いいけど……屋根裏があるよ。まだ少しは入るかもしれないね」

女将が天井を指さしながら言う。

梯子をかけ、分厚い床板をずらしてライトで照らしてみると、雑然と物が置かれた屋根裏には、かなり埃が溜まっている。

ライトを腰に括り付けて片付け、壁の隙間から漏れてくる日差しも頼りにして、埃を掃き取って梁から床までくまなく拭いた。

ガラクタを上げるのは恵子の力では無理だった。そこで、四人に声をかけて手伝ってもらい、何とか収めることができた。

「ごくろうだったね」

女将がビールの栓を抜いてねぎらった。

「メイちゃん一人くらい寝れるんじゃない？　ちっこいしさ」

言い出しっぺのうらちゃんの膝をポンとたたいた赤べこが、「そうだよ！　梯子の上り口が二畳ほど空いてた。女将さん、そうさせてやんなよ」と口を添える。

「だけど、窓はないし明かりもないし、真っ暗だよ」

「女将さんランタンがあれば問題ありません。僕が買ってきますから」

博士は薄くなった白髪頭を手櫛で整えて、ハンチングをグイッとかぶりなおした。

「ならＬＥＤがいいな、長いこともつからね。俺が使ってるのは電池式だけど、充電式のほうが便利だよ。いろんなメーカーが出してるけど――」

和尚もそばから助け舟を出し、ＬＥＤについてのうんちくを傾ける。

「メイちゃん、穴倉だよ。それでもいいのかい？」

和尚のうんちくを、女将が途中で遮った。

「女将さんさえよければ、お願いします」

恵子は目頭を押さえ、キュッキュッと念を入れてカウンターを拭いた。


屋根裏で寝泊まりするようになってから、恵子は今まで以上に「えんま」の仕事に精を出した。料亭で働いていたこともあり、客あしらいはお手のものだ。

女将は横丁に明かりが灯るころ店に顔を出し、客と世間話をするのが楽しみといった態で、なじみ客から「女将さん、すっかりご隠居さんになっちまったね」と、たまに冗談口をたたかれている。

「何言ってんだい、こう見えてあたしゃまだまだ現役だよ。そうだよね」

小気味好いべらんめぇ口調で返しておきながら、間違いないよねと、恵子に念を押すのだった。

呑ん兵衛横丁の、あるようでないような不思議な気配にふれるうち、頭にへばりついて離れようとしなかった厄介者が、気がつけばウソみたいにどっかに吹っ飛んでしまっていた。

「もう、つまんないことばっかり。当たり前でしょう」

恵子は洗い物の手を休め、口もとをほころばせて受け流した。


店の切り盛りを恵子に任せ、肩の荷が軽くなったはずなのに、このところ女将の様子が少しおかしい。

客商売の長い女性が押しなべてそうであるように、髪や爪の手入を欠かさず、身なりもきちんと整えて、客を前にすると、背なかに物差しを入れたかのようにシャッキリしていた女将が、あまり体裁を構わないというか、だらしなくなってしまった。

「どこか悪いところでもあるんじゃないか」とか、「すこし痩せたみたいだけど」とか、まわりの心配する声に背中を押され、病院に行くと言い出した。

気の変わらないうちにと、恵子が付き添って近くの総合病院で検査を受けたのだが、結果は思いもかけないものだった。

軽い栄養失調による気力体力の減衰。しっかり食べて、適度に体を動かさなくてはいけないと、担当の医師から指導があった。

「俺らよりひどいものを食ってたってこと？」

うらちゃんのあけすけな言いようを、和尚が顔をしかめてそれとなくたしなめた。

うらちゃんは意に介さず、「だってそういうことでしょう、何とかしなきゃ」と引き下がらない。

「女将さん、朝昼ちゃんと食べてたの？」

博士がうらちゃんの気がかりを引き取り、眉根を寄せて女将に尋ねた。

「メイちゃんが作ってくれる『肴』をおかずに、朝昼兼用で食べてたんだけど、ちかごろは店に出るのが遅いだろう。家で一人分を作るのも面倒でね」

「ちゃんと食べないと。メイちゃん、女将さんが帰るときに朝と昼の弁当を持たせてあげて。それなら夕方出てきても問題ないでしょう」

いつも穏やかに話す博士にしては、めったにないきっぱりとした物言いだった。

「お安い御用です。ごめんなさい、気が回らなくて」

「面倒くさがったあたしが悪かったんだし、あんたのせいじゃないよ。それに、体が軽くなったような気がしてさ、まあいいかってほっといたのがいけなかった」

「体が軽くなって膝の具合が良くなったりして――。そういうのを怪我の功名っていうんじゃない？」

病気ではないとわかってホッとしたのか、うらちゃんがお気楽にへらへらしゃべるのを、赤べこが咎めるように頭を小突いた。うらちゃんはというと、歯をむき出しにして、小突かれた頭をクリクリと撫で回した。

いつもなら、ここは笑いが起こるところだが、今日ばかりは静まり返って、息を吐くかすかな声が漏れるだけだった。

「しめ」に出す、お茶漬けやおにぎり用にと、白飯は毎朝炊いているし、「肴」も不足しないよう多めに作ってある。

恵子は女将が帰宅するとき、タッパーに朝昼二食分の食事を詰めて持ち帰ってもらった。夜の食事も、手のすいた頃合いを見計らって、必ずとってもらうようにした。

女将のためにと、あれこれ余計に作るようになって残り物が多くなった。

恵子は、それを小分けに冷凍しておいて自分の食事にあてた。それでも追い付かなくなると、女将に断って、うらちゃんや赤べこにも、たまに弁当を作って食べてもらった。二人は喜んで受け取ったが、博士は「必要ない」と言うし、和尚も「俺はいいから」と言う。後でうらちゃんから聞いたのだが、和尚は物をもらうのがあまり得意ではないらしい。

女将は日に日に元気を取り戻し、口の方は以前にもまして達者になったと、常連客にひやかされる始末だ。

二

ある日の夕方、小さな女の子の手を引いた少年が、店をのぞいた。

「ここに和尚って人いますか？」

「まだ来てないけど、中で待ってる？」

「いえ、後にします」

「でもいつになるか、多分遅い時間でないと——」

「だいじょうぶです」

少年と女の子はいなくなった。気にかかったが、立て込んできた客に手をとられて、そのままになってしまった。

「ほら、入って、入って」

日が落ちたころ、うらちゃんに背中を押されて入ってきたのは、店をのぞいた少年と女の子だった。

「あれからずっと外で待ってたの？　ごめんね、和尚はまだなのよ」

「ここ、いいでしょう？」

うらちゃんが、客の邪魔にならない店の隅に椅子を並べて、二人を座らせる。

めずらしく真顔のうらちゃんに、恵子と女将は顔を見合わせた。

「知ってる子かい？」

さっきの勢いはどこにいってしまったのやら、尋ねる女将に向かって両手を合わせ「知ってるような、そうでないような」と、首を振るばかりで煮え切らない。

「どっちなんだい、はっきりしな！」

焦《じ》れる女将に「直接は知らないんだよ。けど、なんかほっとけなかったっていうか……」

落ち着きなくもぞもぞするうらちゃんに、子どもたちはいけないことをしたと思ったのか、出て行こうとする。

「そのうちに来ると思うから、これを飲んで待ってて」

恵子が二人にジュースを手渡した。

「こんな時間だ、おなかが減ってるだろう。メイちゃん、なにか食べさせておやり」

女将に言われて、恵子は子どもが好きそうなものを見繕い、二人にご飯を食べさせた。

「おいしいだろう、おばちゃん料理が上手だからさ」

頬杖をついて見守るうらちゃんに、女の子が消え入りそうな声で「お母さんのご飯は、もっとおいしいよ」と言う。

「そうだね、お母さんの方がおいしいよね」

恵子がうらちゃんに目配せをするのを見て、男の子が「妹が……ごめんなさい」とうつむいてしまった。

「ほら、あんたが余計な口を出すから困ってるじゃないか」

うらちゃんにしたら善かれと思って言ったわけで、女将にそんな風に決めつけられてしまうと、気持ちの持って行き場がなくなる。「かんべんしてよ」と、両手で髪の毛をくしゃくしゃにかきまわした。

しばらくして、袋をぶら下げた和尚がやってきた。

「お前たちここにいたのか。今日はフードバンクの日なのに来ないから、何かあったんじゃないかって、心配したよ」

普段は何かにつけてどこか他人事というか、感情を押し殺した話し方をする和尚が、ふやけた顔で、肉親を気づかうような優しいまなざしを子どもたちに向けている。

「お母さんが寝込んでしまって、熱が下がるまで傍にいたから……」

そう言う兄を、不安げに見上げる妹の目には、涙が溜まっていた。

「配布時間に間に合わなかったのか？　いつまでだって待っててやったのに」

和尚は二人の肩を引き寄せて、食品の入った袋を兄に渡し、

「ご飯を食べさせてもらったんだな。よかった、よかった。もう遅いから送って行こう。女将さん、メイちゃん、世話になったね。礼は改めて」

と言い残し、二人を店の外に連れ出した。

「お母さんに叱られるからいい」

「そうだな。近くまで送ったら帰るからよ」

外で話す声が聞こえてきた。

「なんだい、あれ」

あっけに取られるなか、女将がうらちゃんに事情を話すよう目でせかす。

「駅向こうに、売れ残ったパンを袋に詰めて、安く店先に並べてるパン屋があるだろう。俺もたまに利用するんだけど、見ちゃったんだよね。女の子の方がパンの袋を手に持って離そうとしないのを。いや取ったってわけじゃないのよ、持ってるだけ。だけど店主が出てきて叱ったんだ。ちょうど和尚も通りかかって『年金が入る前で、この代金を払ってやる持ち合わせが今の俺にはない。けど、あんたんとこはこの一袋がなくたって困ることはないはずだ。腹の減ってる子に一つくらいくれてやってもいいじゃないか！』って、えらい剣幕でまくし立ててさ、驚いたよ。よく言うと思わない？　あんな和尚初めて見たよ。筋が通ってるようで通ってないような、かなりの無茶振りだよね」

「あんたは黙って見てたのかい！」

「そんなに怒らないでよ。俺が口ほどにもない弱虫だってこと、女将さんが知らないわけがないでしょう」

「しょうがないねえ、まったく。で、どうなったんだい？」

「店主は和尚の剣幕にたじたじで、通りを行く人はじろじろ見るし、そのまま中に引っ込んでしまったんだ。それからだと思うよ、あの子らのことを気にかけるようになったのは」

「やるなー」

酔客から声があがる。

それだけではなかった。

「またあの子らが来たら、これでご飯を食べさせてやってよ」

常連の五郎ちゃんが、恵子の手にそっと札を握らせたのだ。

「いいの？」

「気にするなって」

五郎ちゃんは、普段からつり銭の小銭を渡そうとしても「取っといてよ」と、押し戻す。

恵子は、女将が目をほそめて首をゆっくり縦に振るのを見て、五郎ちゃんの心付けをありがたく受け取った。


翌日、五郎ちゃんが透明のプラスチックの箱を持ってやってきた。小ぶりの箱には「腹ペコさんの貯金箱」と、テプラで印刷したテープが張り付けてある。

「いいだろう。俺、こういうのを作る工場をやってるんだ。これからつり銭はここに入れるから役立てくれ。だけど目立たないとこに置いといてよ。ほかの客が入りにくくなるといけないからさ」

恵子は浮かぬ顔で、用もないのに冷蔵庫の扉を開け、必要でもない調味料を探すふりをした。五郎ちゃんのまっすぐな善意は、あの子らにご飯を食べさすくらいではおさまりそうにない。気が重いのを隠そうとして、自然にそうなってしまった。

「女将さん、どうします？」

女将の気性を考えると、答えは聞くまでもなかった。

「五郎にしては上出来ってもんだ。けどさ、あの子らに限らないでいいんだろう？　だって『腹ペコさん』なんだから」

「任せるからよ。好きに使ってくれ」

五郎ちゃんはどこまでも気《き》っ風《ぷ》がいい。

女将は、そんな五郎ちゃんの首根っこに腕を回して、ゆるいハグをする。

「俺、若い子好みなんだけどな」

照れる五郎ちゃんの背中を、目を潤ませた女将が平手ではたいた。

「年寄りは涙もろくていけねえ」

憎まれ口をたたく五郎ちゃんの脇腹を、女将がいきなりくすぐりだした。

「何すんだよ。よせ、よせ」と言いながら、五郎ちゃんは後ずさりして店を出て行った。

この雰囲気には逆らえないと、恵子は諦めを作り笑いで取り繕って、息をついた。

「うらちゃんから聞いたと思うけど、なんだかほっとけなくてさ、ああなっちまったってわけだ。いろいろ世話になったね」

和尚が身を縮めて、ボソボソと言い訳がましく店に入ってきた。

「さっき五郎ちゃんが持ってきてくれたの」

恵子は「腹ペコさんの貯金箱」を和尚に見せる。

「あいつもいいとこあるじゃないか」

和尚が偉そうに言うのを、「罰当たりだよ」と、女将が「おたま」で腹を思いっきりつっついた。


ひとりで出来ることは知れているので、人づてに聞いてやってくる、「暮らし向きの厳しい腹ペコさん」に限って、昼のご飯を出すことにした。

店の営業に差し支えがないように、弁当にするつもりだったが、

「天気のいい日はよくても、雨が降ったりしたら困る人もいるんじゃないの」

と、うらちゃんが渋い顔をする。

「朝食をとれない人もいますから、午前中に済ませてもらってはどうでしょう。早くから大変だとは思いますが」

「さすが博士、それならお客さんとかち合わないしね。俺、買い出しでも何でも手伝うよ」

「うらちゃん、怠けたら承知しないからね」

恵子もその方がいいだろうと、冗談めかして言った。

客の中には気にする人もいるかもしれないと思い、かかりはいったが食器を別にした。


うわさが広まるのは思った以上で、買い出しに行く先々で、八百屋は「ちっとばかし萎《しお》れちまってるけど、どうだい？」と野菜をくれ、魚屋は「売れ残りだ、持っていきな」と魚をくれる。

恵子は、いただいたものは律義に店には出さず、腹ペコさん用にあてた。

いいような、そうでないような、用意した食事は昼までにすべてなくなる。

無料の食事を求めて店に来る人は、二十歳すぎの若い子、中年男性、お年寄りと、様々だ。

気持ちだけ貯金箱に入れていく人もあれば、言葉少なに礼を言う人もいる。けれど大方の人は、うつむいたまま何も言わずにすっと出て行く。

「いいの？　あれで」

うらちゃんは口を尖らせ、不満そうな顔をする。

「うらちゃん、あの人たちの気持ち、ほんとはわかってるんだよね。わたしが嫌になってないか、気にかけてくれたんでしょう？」

「やばい、ばれてた？　あいつら、俺みたいに自分から降りたんじゃなくて、雇止めにあったり、しくじったことを認めたくなかったりしてさ、ここで世間にひざを折ってしまうと、立ち上がれないかもって、ああして肩肘張ってるんだと思うな」

「うらちゃんって、降りたんだ」

「それ、言う？　お仲間じゃないの」

いつになく、呆れ声で切り返してきた。

「でもねえ……一大決心だったはずなのに、結局そつのない暮らししかできなくて」

「いいんだよ、メイちゃんはそれで。俺なんか、自分から降りたって信じてる方が楽だっていう『とんちき』だろう。安心して見てられる人が傍にいてくれるだけで、ほっとするんだ。はばかりもなく大口をたたいてしまってさ……なんだか、照れるなあ」

うらちゃんが、チロッと舌を出して頭をかいた。

恵子は、うらちゃんと何やかや話しているうちに、自分の気持ちが以前とは少し変わってきていることに気づいた。

五郎ちゃんの、気まぐれかもしれない善意に付き合わされるのは、余計な手間はかかるし、正直なところ面倒だとしか思えなかった。

始めたころは、野菜とかをくれる人に声をかけられても、相手の厚意になんて答えようかと、緊張で口がこわばった。

利用者とは、否応なしにカウンター越しに顔を突き合わせることになるが、気づまりから、肩が凝って寝つきも悪かった。

それなのに、続けているうちに張り合いを感じるようになっていたのだ。

「このまま頑張ってみるつもり。何をしてたってかまわないから、自分のことを放り投げないでほしいもの。生きてりゃどうにかなるわよ。……だよね？」

捨て鉢になったときの、からっぽで虚ろな心持を、恵子は今でもふとしたはずみに思い出す。

「そうだねー」

うらちゃんは、またがった椅子の背もたれに顎をもたせかけ、のほほんとした顔をして空とぼけた。

行きつけの魚屋で、会いたくない人と出会ってしまった。

美和ちゃんだ。

美和ちゃんは赤羽に住んでいるのだから、いつかはこうなるかもしれないと、予想はしていた。

そのときは、何もこっちが悪いわけじゃなし、皮肉のひとつもぶつけてやればいいと、恵子はあらかじめ言いたいことを頭に叩き込んでおいた。

それは確かにそうなのだが、いうまでもなく自信はなかった。こうして面と向かってしまうと、案の定胸がドキドキして、あらかじめ用意していた言葉が浮かんでこない。

「元気にしてた?」

口をついて出たのは、ひと言だけだった。けれど言ってしまった後は、なぜだかわからないが、成り行きを冷静に見とどけようとしている。

美和ちゃんの方は、恵子が赤羽にいるとは思ってもみなかったのだろう。見るに忍びないほどのうろたえようで、目を剝いて「恵ちゃん」とかすれた声で言ったきり、棒のように突っ立って、足に根が生えたみたいに動けなくなった。

居合わせた店員や客が、何かあったのかと、二人にチラチラ視線をくれる。

このまま店先で話し込むことは、美和ちゃんの様子からしてできそうにない。

ボーっとして視線の定まらない美和ちゃんに、「またいつか」と声をかけてその場を離れた。

道すがら「美和ちゃんは、やっぱりそんなに悪い人じゃなかった」と、こぶしを握り締め、繰り返し口に出した。それでも、どこかでばったり出会うかもしれないと思うと、気が重かった。

「せめてあの店にはいかないでほしい。お願いだからそうして」と、恵子は祈りにも似た気持ちで足の運びを速めた。

「魚屋の大将に聞いたけど、メイちゃん、あんた、ほんとの名は恵子っていうんだって？」

席に着くなり、常連がわざと素っ気ないふりをして尋ねてきた。だが目は正直で、恵子の素性に興味を寄せているのは、バレバレだった。

美和ちゃんが、問われるままに喋ったのだろう。

「そうだけど」と、さらりと答えた。

この歳になると、過ぎてしまったことを他人にほじくられたところで、どうということもない。

相手は気勢をそがれた恰好で、根掘り葉掘り、突っ込んで訊いてはこなかった。

それからは、「メイちゃん」ではなく、「恵ちゃん」と呼ぶ常連客が、ぽつぽつ現われるようになる。

「どっちがいいのさ」と言う客には、「どっちでもいいよー」と、すまし顔で返した。

三

近ごろ赤べこが姿を見せない。

「急に寒くなったから、どっかでぬくもってるんだよ」

うらちゃんは取り合わなかったが、なんとなく胸騒ぎがした恵子は、同郷だという工務店を訪ねてみた。

「もう十日になるよ。あいつがプレハブで冷たくなっていてなあ、脳溢血だったらしい。断熱材を入れて、天井も内壁も張ってやっていたのに、こんなことになっちまって……。福島の家族には連絡したよ。だけど引き取らないって言うんだ。しょうことなしに俺が荼毘《だび》にふして、そのまま遺骨を預かってる」

恵子は、思いがけない社長の話に言葉をつまらせた。

社長が指さした先に、厚手の織物を被った骨箱がおかれている。

キャビネットの上には白い布が敷かれ、張り子の「赤べこ」が遺骨に寄り添っていた。

「……赤べこ」

「それな、俺も持ってたよ。東京に出るとき親が持たせてくれたんだ。俺は引っ越したときに無くしちまったけど、あいつは大事にしてたんだねえ」

「お焼香を……」

赤べこが彼《あ》の世でもいい仲間に巡り逢えるよう、恵子は線香を手向《たむ》けて祈った。

社長は、引き取ってもらえない事情をおそらく知っているだろう。しかし、聞いてどうなるものでもなかった。

赤べこは飄々《ひょうひょう》とストリートを流して回り、ひとりでこの世にバイバイした。赤べこには、似合いのけじめのつけ方だったと思うのだ。

「遺骨はどうされます？」

ただ、これだけは気にかかった。

「困ってるんだ。四十九日まではあいつもこの辺でウロウロしているかもしれんし、ここに置いといてやろうと思うんだが、後は役所に相談するしかないな。うちの墓に入れてやるわけにもいかんだろう」

「そう……ですよね」

恵子の頭の中で、照ちゃんの金がちらついた。照ちゃんが今どうしているか、博士ならわかるかもしれない。気が急くまま、書店で本を物色する博士をつかまえた。

「その人すでに亡くなってますね。金を返して減刑されたようだけど、獄中で死亡するなんて気の毒に」

ネットカフェのパソコンを操作しながら、博士が言う。

恵子は、いきなり心臓をわしづかみにされたみたいに、へなへなとその場に座り込んでしまった。

「だいじょうぶ？」

博士が、ぼんやりしている恵子の顔の前で、手を上下に動かした。

「……いつなの？」

博士の腕につかまり、そろりと立ち上がった。

「刑務所に入ってすぐだったみたいですよ。死因は書いてないけど――」

「亡くなった後どうなったか、わかる？」

聞かずにはいられなかった。

照ちゃんは悪いところがあるなんて話したことはなかったし、みたところ健康そうだった。気づいてあげていたら――。恵子は力なく肩を落とした。

「この人、身寄りがなかったようですね。普通そういう場合は刑務所で弔いをして、受刑者用の墓地に埋葬されるって聞いてはいるけど、どうかなあ、そこまではわかりませんねえ」

博士がパソコンの画面を見ながら教えてくれる。

「ありがとう。手間を取ったわね」

伝い歩きをしながら店を出ようとする恵子を、博士が「送っていきましょう」と、きゃしゃな体に手を添えた。

博士は、照ちゃんの犯した罪を知っていて、恵子との関係をあれこれ詮索しなかった。

女将だって赤べこの死を気に病んでいたろうに、仕事が手につかない恵子を、何も言わずに見守った。

和尚は、赤べこの突然の死にショックを受けたのか、いつもの減らず口をたたかない。

ひょうきん者のうらちゃんだけが、みんなの笑顔を引き出そうと、空元気を出してはしゃぎまわった。

四十九日が迫るなか、恵子は腹を括った。

はみ出し者のすることだ、後はどうともなれ。照ちゃんが遺した金でなんとかする、それしかないと。

恵子は、和尚が世話になっている寺の住職を訪ねて、金の出所を包み隠さず話し、「無縁の方の墓をつくりたいのです。協力してもらえませんか」と、懇願した。

「お引き受けいたしましょう。その金も無縁の方の墓石に変われば、『生きる』というものです」

住職にためらう様子はまったくなく、静かな話しぶりで約束してくれた。

誰もが半信半疑で見ていたが、工事は急ピッチで進み、恵子は赤べこの遺骨を引き取った。

「ほんとに、できたねえ」

感無量の表情で、うらちゃんが遠くを見やった。

余った金は、今後の供養のためにと寺に寄進した。

うらちゃんは、どうして恵子が大金を持っていたのか、不審に思っていたのだろう。おずおずと、

「恵ちゃん、そんな金――」と言いかけたが、博士と和尚に袖を引っ張られて言葉をひっこめた。

このごろは、女将やうらちゃんたちも、恵子のことを「恵ちゃん」と呼ぶようになっている。

「あたしも入れてもらおうかね。死んでからまであいつと一緒だなんて、やだからさ」

女将がいつになく暗い顔でため息をつくのを、和尚は、そうそうとばかりに首を縦に振った。合点のいかない恵子に、さりげなく女将の後ろに回った博士が、聞かない方がいいと目配せをする。

大っぴらにできないわけがあるのだろう。それぞれ人に言えない事情を抱えて、呑ん兵衛横丁で

肩を寄せ合い、冷たい風をよけながら暮らしている。

自分もその内の一人なのだと、恵子は心を強くした。

「俺が赤べこの墓守をするさ」

和尚は半泣きで鼻をすすり上げながら、骨壺を膝にのせて何度も撫でた。


張り子の「赤べこ」をどうするか、それぞれの腹積もりは違っていた。

「代わりに、いさせてやろうよ」とか、「あんなに大事にしてたんだ、離しちゃかわいそうだろう」とか、いろいろあったが、博士の「僕らがいなくなった後のことを考えないとね」という、至極まともな意見を、もっともだと皆が認めた。

「恵ちゃんも、歳のわりに可愛い『うさぎ』のペンダントを持ってなかった？」

うらちゃんが、いきなり恵子のことを引き合いにだした。

「歳のわりって……。うらちゃん、よくないよ」

和尚が苦虫を噛み潰したような顔をする。

「かまわないわ、ほんとのことだもの。これね、母のお気に入りの帯留めだったんだけど、可愛いからおねだりして、ペンダントに作り直してもらったの。形見になってしまったけど……」

恵子は胸元をさぐり、ペンダントを引き出した。

「ほらあ、かわいい『うさぎ』でしょう。大切にしてるんだね」

「まあ、この歳までなくさないで持ってるってことは、うらちゃんよりは大切にしてるってことだわね」

「恵ちゃんも言うようになったねえ」

「ありがとう」

恵子は、おどけたしぐさでペンダントを振ってみせた。

うらちゃんも和尚も手を打ったが、博士はお決まりのポーカーフェイスを崩さず、視線をそらした。


遺骨と張り子の「赤べこ」が並び合うように安置され、工務店の社長と仲間内だけの簡素な法要が営まれた。

驚いたことに、和尚が法要の席で、住職と声を合わせて見事な経を唱えてみせたのだ。

目を見張る恵子の耳元もとで、うらちゃんが「詳しいことはわからないんだけどね、和尚はもともとどっかの寺の生まれでさ、坊さんになる修行もしてたらしいよ」と小声で言った。

「じゃあ、ご住職とは前々から知り合いだってこと？」

「さあどうだかな。俺ら本人が話さない限り、昔のことをあれこれ訊いたりしないからさ」

――そうだった。

「ここでどうにかやってる。それでいいよね」

恵子は誰に言うでもなく、ぼそぼそとつぶやいた。

墓石には、南無阿弥陀仏とだけ刻まれている。

照ちゃんの苦悩や汗が染みた油紙と封筒も、走り書きといっしょに小さな瓶に詰めて納めた。一人として、瓶の中身について尋ねる者はいなかった。

「いろいろありがとう。ときどき会いに来るね」

恵子は、納骨を終えて重い石蓋が閉じられようとするとき、そう言葉をかけた。

「無縁の方が亡くなられたときに入っていただけるよう、十分な広さがありますよ」

法話の際に、住職が参列者に話してくれた。

精進落としの席で、酔いのまわった社長が、赤べこの意外な過去を語りだした。

話は、「俺たちは、会津の山奥で細々と田畑を耕して暮らしを立てる、小さな集落の出なんだ」から始まった。

社長は十五の歳に上京し、建築会社に就職した。

「俺は勉強の方はからっきしダメだったけど、あいつは成績が良くて、遠い親戚の家にもらわれていった。その家は女の子しかいなかったから、ゆくゆくは夫婦にして家を継がせたいということだったらしい。養子に入った先は裕福な農家だったから、高校に行かせてもらえてね。そこでも成績が良かったんだと思うよ。夜間でいいから大学に行きたいって、反対を押して東京に出てきたんだ」

社長は大工の見習いとして、赤べこは基礎工事などのアルバイトとして、同じ現場で働いたそうだ。ところが三年が過ぎたころから赤べこが来なくなった。アパートに行ってみると引っ越してしまった後で、隣の人の話では、貸金業者がしつこく督促にきていたという。大学に行ってみても、退学したということしかわからなかった。

社長は厳しい修業時代を経て独立し、工務店を立ち上げた。

「女房の実家の援助がなきゃ、今の俺はないんだ。見てくれ」

そう言ってズボンをめくって見せた脚には、膝頭から足首にかけて、えぐられたような傷跡がある。足場を踏み外して複雑骨折し、何度か手術をしたが、元のようには働けなくなったのだという。

「保険でつないでリハビリを受けたけど、大工仕事はもうできないだろうって言われてね。高い所に上ったりしなきゃいけないだろう、踏ん張れないいんだ。そんな俺に、板金屋をやってる女房の親父が、腐るなって金を出してくれた。それでまあ、どうにか会社を続けることができたってわけさ」

働きぶりを、ちゃんと見てくれていたと、社長は遠慮がちに自慢した。

「アルバイトをしながら勉強するのは、やっぱり無理だったのかもしれないって、ずっと思っていたけど、違ったんだよ」

三十年以上たった冬の日に、ふたりが働いていた建築会社で聞いてきたと、赤べこがひょっこり訪ねてきたのだそうだ。顔には深い皺が刻まれ、ひとまわり小さくなってしまって、最初は誰だかわからなかったという。

「今までどこにいたんだ！」

両肩をつかんでゆする幼馴染を、「目」をしょぼしょぼさせながら見返した赤べこは、その場にゆっくりと倒れこんだ。

「しっかりしろ！」

社長は事務所のソファーに横たえて、赤べこの頬をピタピタたたいた。

「ごめんな、顔を見たら力が抜けた」

赤べこはそう言ったきり目をつむって、軽い寝息を立て始めたというのだ。

精進落としの折り詰めに箸を伸ばす手を止め、みんな息をつめて、社長の口元をじっと見つめた。

赤べこの家は子だくさんで、下に五人の弟と妹がいた。少しばかりの田畑を耕作し、農閑期に夫婦で賃稼ぎに出ても生活は楽ではなかった。養子に出した先から援助を受けてなんとか暮らしていたが、赤べこが東京に出た後、ほどなくして娘が婿を迎えた。それからは援助が途絶えてしまったのだそうだ。

親不孝者だと息子のことを嘆いても、暮らしが立ち行くはずがなく、親は赤べこに無心を始めた。けれど、勉強の合間にアルバイトで稼いだ金の仕送りなんてたかが知れている。下の子が病気になって金が入り用になると、仕方なく借金をさせた。学生にまとまった金を貸してくれるところは、筋の悪い業者だけだった。

「親も親戚から金を借りていて、長男のあいつを頼るしかなかったんだよ。俺、なんにも知らなくて、知ってても何にもしてやれなかったと思うけど……。あいつ、あちこちを転々としながらやっとの思いで金を返して。だけど俺に合わせる顔がないって、その後も飯場を渡り歩いて。現れた時は歳以上に老けてしまっていた。何とかしてやらなきゃなって、誰だって思うだろう。あいつが目を覚ましたら言ってたんだよ。ここにいろ！　てね」

社長は下を向いて肩をゆすぶり、唇をかんだ。

やりきれない思いを持て余し、「えんま」で飲みなおした。

「母ちゃんに買ってもらった『赤べこ』を、なんで死ぬまで大事にしてたのかね。借金を背負わされたせいで、苦労をしたっていうのにさ」

「母ちゃんとつながってるって思える、たったひとつの物だからじゃないか」

「品が良かったたって言ってたよな」

「そうなんだろう」

「でもなあ……」

「もういいよ」

みんなの飲むピッチが、急に上がった。

「親はとっくに亡くなっていると思うけど、兄弟はどうして赤べこを田舎の墓に入れてやらなかったんだ？　勝手な兄だって、腹を立てていたのかな」

「それもあるかもしれないけど、世間の目が気になったからじゃないか。地方はそういうの、今でもあると思うよ。多分実家にも借金取りが押しかけていただろうし」

「そんなもんかな」

「そんなもんだよ」

「俺の目の黒いうちは、あいつにさみしい思いをさせないんだ！」

口にしたところでどうにもならない会話を断つように、和尚が強い口調で、はっきりと言った。

「俺だって！」とうらちゃんが続く。

「それがいいですね」と博士が言い、女将は無言で、なかなか手に入らない銘酒の封を切った。

恵子も、上客にしか出さない東京切子の猪口を、それぞれの前にそっと置いた。

四

日常を取り戻した「えんま」は、破れた壁紙や床を補修して、変わらず常連客でにぎわっている。仲間たちの間で赤べこの話題が出ることも少なくなった。

女将は九十に手が届く歳になっても、まだまだ「えんま」の看板だ。

店は恵子が取り仕切るようになっていたが、常連は女将がいるのを確かめてから、安心して飲んだくれるのだった。

飲み代の管理も任されるようになって気づいたことがある。うらちゃんや和尚の支払いを、(多分生前の赤べこの支払いも)博士が肩代わりしていたのだ。

糸の切れた凧みたいに、何にも縛られない自由な生き方を、博士がよしとしているのは間違いない。それだけに、自分のストリート生活をネタにネットで稼ぐというのは、博士に似つかわしくないような気がして、恵子は以前からいぶかしく思ってきた。もしかしたら、このためだったのかも知れないと、ひとりでに頬がゆるんだ。

うらちゃんも和尚も恐縮する様子は見せないし、博士も恩着せがましいことを言わなかった。遠慮のない、強い結びつきから生まれた濃《こま》やかな心遣いが、ゆっくりと、恵子の身にも沁み透っていった。

美容院に出かける女将と入れ違いに、サラリーマン風の男性が三人、連れ立って暖簾をくぐった。

「やってる?」

「どうぞ、お好きな席に」

客は博士だけですいていた。

「出張で東京に来た帰りなんだけど、ここの『あて』が美味いって聞いてね」

客の一人が、酒の肴をあれこれ品定めしながら言う。

「ありがとうございます。好きなものをおっしゃってください。簡単なものなら作りますから」

「だし巻き卵がいいな」

「ふろふき大根できる？」

「僕は唐揚げ」

「どれか一つにしとかないか」と、ふろふき大根を注文した年長の客がたしなめた。

「じゃあ、ふろふきで」

三人が口をそろえた。

「ふろふきね、すこし待ってくださいな」

大根の下ごしらえはしてあるし、あじ味噌も練ってある。

恵子が大根を温めていると、博士が「ごちそうさま」と席を立った。

「愛想なしでごめんね」

博士は、恵子の声に送られて店を出て行った。

「女将さん？」

「いえ、使用人です」

「そうなの。さっき出て行った人なんだけど――」

年長の客が首をひねりながら訊いてきた。

「なんでしょう？」

「違ってるかもしれないけど、秋月さんじゃないかと思って」

「名前は知らないのよ。でも博識で、みんなに博士って呼ばれてる」

「博士には違いないんだよな――」

「知ってる人ですか？」

連れが尋ねた。

「研究室にいた秋月さんじゃないかと思うんだ。声を聞くまでわからなかったけど、多分そうだよ」

「秋月さんっていうと――」

「君らも名前だけは知ってるだろう」

「聞いたことあります。うちの主力商品になっている、モーターを開発した人ですよね」

「ああ、優秀で仕事熱心な人だった。研究棟を、肩で風を切っていく秋月さんを見かけると、こっちまで、よしやるぞって気になったものだよ。それが急に辞職してしまわれて。僕なんか当時はまだぺーぺーだったから、何があったのかわからなかったけど、上に直言したらしいとか、いろいろ噂はあったたね。ところで、今何をされているのか、ご存じないですか？」

「ごめんなさい」

「そうですか……。こちらの方こそ、すみませんでした」

三人は仕事の話をしながら、気前よく飲んで、たらふく食べて、機嫌よく帰って行った。

恵子は耳にしたことを、みんなに話さなかった。もちろん女将にも。

肩で風を切っていたという博士に何があったのか、まったく違う世界の出来事で想像もつかないのに、誰であろうと、あれこれ口にしてはいけないと思ったからだ。

そろそろ看板というとき、近くの交番の巡査がやってきた。

「万引きで捕まえた男が、こちらの店から金を取ったって言ってるんですが、心当たりはありませんか？」

店には、美容院から帰った女将と、恵子、それに五郎ちゃんがいた。

「ないですねえ」

恵子に心当たりはあったが、誰と決めつけてしまうだけの確かな証を示せるわけでもないし、人さまのことをあげつらう気は、さらさらなかった。

「女将さんは、どうですか？」

巡査が女将に尋ねる。

「この歳だ、店のことは任せてるんでね」

「いいかげんだなあ、お金のことですよ」

巡査が顔をしかめた。

「すみません、わたしがしっかりしないもので」

恵子は、女将がこめかみに青筋を立てるのを見て、手ぎわよく場を切り抜けた。

「彼、失業したそうでしてね。家賃が払えなくなって、最近路上生活を始めたらしいんですよ。そうですか、ありませんか。万引きも初犯ですし、弁当ひとつのことですから。夜分遅くお騒がせしました」

巡査は言い過ぎたと思ったのか、急に態度をやわらげ、そそくさと立ち去った。

「恵ちゃん、あんた知ってたよね。黙って金を足してたんだろう?」

心配性の女将が、気を落ち着けて訊いてきた。

「だいじょうぶですよ。千円札を一枚抜いていくだけで、箱ごと持っていったりしませんから」

「けどさあ……」

「ここに住まわせてもらって、食べさせてもらって、洋服まで女将さんのものをいただいて、不足のない暮らしをさせてもらってるんですもの。ありがたいと思ってます」

「それとこれとは話が別でしょう」

五郎ちゃんがあきれて仰《の》け反《ぞ》った。

「金の出し入れ口にカギを付けとこうか？」

「いいのよ。五郎ちゃんや、小銭を入れてくれる常連さんには悪いと思ってるわ。だけどね、ご飯を振る舞うのとお金を振る舞うのって、そんなに違わなくない？」

「そう、いやそうかな？　かなり滅茶《めちゃ》だと思うけど、恵ちゃんがそれでいいって言うんなら……まあ、いっかあ。ややこしいのは、俺苦手だからさ」

五郎ちゃんは目を白黒させて、「断りなしで持ってくって……どうなんだ？」と首を振り振り店を出て行った。


「女将さん、ひとつ頼まれてくれないか？」

近くの居酒屋の主が、帰宅しようとする女将を呼び止めた。

「なんだい、改まって」

「うちの客のことなんだけどさ、ご機嫌なときに急死だよ。もう驚いたの、なんのって」

「聞いたよ、大変だったらしいね。で、頼みって?」

「いやね、警察が調べても、どこの誰だかわかんないらしいんだ。参ったよ。役所が火葬して、どっかの共同墓地に納骨するって話なんだけど、常連さんだろう、なんだか忍びなくてさ。どうだろう、あんたんとこの無縁墓に入れてやっちゃあもらえないだろうか? たまには線香のひとつも上げてやりたいじゃないか」

「どうしたもんかね?」

店先まで送りに出ていた恵子に、女将は一応同意を求めてきたが、多分もう決めている。そういう人だ。

「うちにも来てくれてた人かもしれないし、いいんじゃないですか」

恵子が話し終わるやいなや、女将は急き込んで「決まりだ。赤べこも、伽《とぎ》があったほうが心細くないだろうよ」と、えびす顔で主に言った。

巡査が店にきた時の、女将の様子が少しおかしかったのを不安に思った恵子は、何かわけでもあるのか、あとで和尚に尋ねてみた。

「女将さんは、警察にあまりいい印象を持ってないからじゃないか」

和尚は、言いにくそうに顔をそむける。

「何かあったの？」

「さあ……どうだったかなあ」

顔をそむけたまま、和尚が言葉を濁した。

知らなくてもいいことはある。恵子はうやむやのまま切り上げ、この話を二度と口にしなかった。

しばらくして、恵子の噂があれこれ立っていると、うらちゃんが聞きつけてきた。

――恵ちゃんは「えんま」のいい跡継ぎになるよ。

――初めて見たときは痩せて暗い感じだったけど、最近あか抜けて別嬪《べっぴん》になった。

――体つきもコロッとして、女将に似てきたと思わないか？

――口が悪いのは似てほしくないもんだ。

――そのうち似てくるさ。

――かけるかい？

――先の見えてる勝負にかけるバカはいないよ。

「好きなように言われてるけど、いいの？」

聞いてきた噂を、うきうきと話すうらちゃんの顔つきは、明らかに面白がっている。

「誰の口が悪いって！」

女将が大きな声を出した。

「俺が言ってるんじゃないんだってば。噂よ、噂」

うらちゃんは、女将の勢いに閉口して両手を高く上げた。

「まあ、まあ」

和尚が割って入る。

博士は「のどかですねえ」と、その場の雰囲気を楽しむように、口もとに笑みをうかべた。

噂話を聞かなくなったころから、恵子が店を開け放して掃除をしていると、姿を見かけた界隈の人が、通りすがりに声をかけてくるようになった。

「いい天気だね」

なんてことないとおり一遍の挨拶でも、ほっとひと息つける春のような気配が、路地を這うように広がってゆく。

「客の入りもよさそうで」

恵子も声を張って返す。

「精を出しなよ」

「兄さんも」

路地と側溝の境目に、名も知らない白い小花が、アスファルトを押し破ってすっくと立ち咲いている。

「踏みつけられないようにしないとね」

恵子は腰をかがめて花に声をかけ、根元にたっぷりと水をやった。

五

季節の変わり目だからか、女将が体調を崩した。

少し良くなって力がつくまでは、近くのクリニックに往診してもらった方がいいのではないかと博士が言うので、本人の意向も確かめて、そうすることになった。

世話をするため、初めて訪れた女将の家は、商店街の裏にポツンと取り残されたように建つ、昔ながらの家だった。

――大型のショッピングセンターがしのぎを削る赤羽に、通りの奥には、今もこうした古い家が残っているのか――。実家のあった辺りは、どうなっているだろう？

恵子は頭を強くふり、浮かんだ情景をむりやり払って中に入った。

部屋は足の踏み場もないほど物が散らかっていて、女将の衰えを突き付けられる。

「食事の前に少し片付けましょう」

「悪いね、なんにもする気が起きなくてさ」

「元気を出してくださいな。女将さんの好きなものを、あれこれ持ってきましたから」

室内をざっと片付けてから、持ってきた食事を温めて、テーブルの上に並べた。

「ごちそうだね」と言いながら、箸の運びは遅い。

残したものを冷蔵庫に入れておいたが、取り出して食べるとは思えなかった。

「明日から毎日きますよ。いえ、断ったってきますからね」

少しでも栄養のあるものを食べてほしくて、これまでにない、きつい言い方になった。

「店の方はだいじょうぶかい？」

常とは違う、弱弱しい声だ。

「任せてくださいな。でも、常連さんは女将さんがいないとね。しっかり食べて、元気を出しもらわないと困りますよ」

励ますには、常連客を引き合いに出すのが一番だと心得ていた。

家には、玄関と台所、台所に隣接する居間のほか、奥にも和室があった。

恵子は毎日訪れて、ひと部屋ずつ片付けては掃除をし、持ってきた食事を女将と向き合って食べた。店の様子をあれこれ話しながら、二人で食べる方が、食が進むようなのだ。

奥の間には、立派な仏壇がしつらえてある。

「それさあ、旦那が生前にこしらえたものだけど、分不相応だと思っただろう?」

「お位牌も立派ですね」

「あいつ見栄っ張りでさ、そんなものをこさえてトットと先に逝っちまった」

「お供えを買ってきましょうか?」

「あんなやつにお供えなんてとんでもない。さんざ道楽して、しりぬぐいさせて。暴力沙汰まで起こして、警察にやっかいになって。とっくに見限ってるよ」

事情をよく知らない者が、差し出がましく口をはさむわけにはいかない。「苦労されたんですね」とだけしか言えなかった。

女将の腹が落ち着いた頃合いを見てタクシーを呼び、井戸水を薪で沸かしているという銭湯に、連れだって出かけた。

湯船につかりながら、体に古い傷跡がいくつもあるのを、恵子は見逃さなかった。

いっしょの墓に入りたくないのも、巡査が来た時の様子がおかしかったのも、なんとなくわかった気がした。


女将は床をあげて過ごせるまでに回復したが、以前と同じようにとは、いかなかった。

「あのまま逝ってしまうんじゃないかって心配したけど、まあ、よかったよ」

「相変わらずだねえ、少しは考えてものを言いなよ」

うらちゃんは和尚にたしなめられ、口にチャックをするしぐさで笑いを取ろうとしたが、みんなにそっぽを向かれてしまい、亀みたいに首を引っ込めて、かしこまってしまった。

「うらちゃんだって心配してたのよね」

恵子は笑いたくなる気持ちをこらえて、その場をとりなした。

「何かあってもいけないし、女将さんの家から店に通いたいけど、どうかな?」

「それがいいよ。恵ちゃんは店をあけられないんだし、女将さんが来たいって言ったときは、うらちゃんが迎えに行くから」

「俺なの？」

「そうだよ。この中で一番暇だろう」

和尚に決めつけられても、うらちゃんは嬉しそうだ。

「都合の悪いときは僕がかわりますよ」

言った博士に向かって、胸をポンとたたいたうらちゃんが、「任せなさい」と得意顔で親指を立てた。

恵子は女将と枕を並べて眠り、食事を共にし、掃除洗濯をしてから店に出た。家の前の掃除も怠らなかった。

「精が出ますね」

「おはようございます」

ご近所さんとも、挨拶を交わすようになった。ご近所さんの話では、女将は人づきあいがあまり良くなかったらしい。

それでも恵子が、

「いないあいだ、よろしくお願いします」と頼むと、

「いいから、行ってきな」

そう言って、嫌な顔をせずに送ってくれる。


五郎ちゃんが、仕事仲間を連れて飲みにきた。

「店先で立ちん坊してる人がいるよ」

「だれだろう？」

灯りを避けて、年配の男性が壁に寄りかかっている。

「よかったら、どうぞ」

おずおずと入ってきた男性を見て、恵子はたまげた。千円抜いていった人だ、間違いない。

「その節は……」

「気にしなくてよかったのに。ご飯を食べていきませんか？」

「いいえ、今日はこれを……」

そう言って、クシャクシャの千円札を差し出した。

「まあ、わざわざすみません。かけて、かけて」

恵子は出された千円を受け取り、強引に椅子をすすめて、お膳を目の前に据えた。

「いいから、食べてくださいな」

男性は鼻をすすり上げながら飯を掻きこむと、黙って頭を下げ、店を出て行こうとする。

「よかったら、ここに相談してみませんか？」

恵子は、急いでNPOの場所をメモ書きして、手のひらに押し込んだ。

「また来てくださいね。待ってますから」

酔客に紛れ込むように路地を行く背中に、明るい声をかけた。

「受け取ってもよかったのかい？　いや、だって金の出所が――」

察しがついたのか、五郎ちゃんが困惑した表情で訊いてくる。

「受け取らないと、次から来られなくなるでしょう」

「そういうことか！　よし、わかった」

五郎ちゃんは上機嫌で、「今夜は俺のおごりだ。ジャンジャン飲んでくれ」と仲間に大きなことを言い、自分でもしこたま飲んだ。

「お恵さんのためなら、俺にできることは何でもやるよ。邪険にしても無駄だからね」

しどろもどろの回らない舌で、五郎ちゃんが恵子に纏わりつく。

「もう、立てる？　ごめんね、連れて帰ってやって」

酔っ払いを酔っ払いに託してだいじょうぶかと思ったが、ふたり一緒なら何とかなるだろう。

「大通りまでタクシーを呼んどいたから、気をつけてね」

五郎ちゃんと仕事仲間は、たがいに寄りかかるようにして千鳥足で帰って行った。

暖簾をしまって女将の家にむかう途中、大通りに出る角で、横町の店主数人が立ち話をしているのに出くわした。

「あんたんとこ、えらく賑わっているみたいだけど、いいのかい？　たちの悪い連中を入れてさ」

一人が仏頂面で忠告してきた。腹ペコさんのことを言っているのだろう。

「女将さんに拾ってもらって、お客さんにそれとなく励まされて、生き返った気がしたものです。横丁はあったかい人ばかりですよね。おすそわけをしたいと思ったんです。迷惑をかけないようにしますから、大目に見てやってくださいな」

当てこすりのつもりだったが、言われた方は気分を良くしたようで、「せいぜい気をつけるんだな」と、ふんぞり返る。

こういった人には数えきれないくらい出会って、そのたびに苦々しい思いをしてきた。

黙って頭を下げていれば、何事もなく丸く収まるのはわかっている。それなのに、少しは言い返したい気持ちが、むくむくと頭をもたげた。

「何に気をつけたらいいんでしょうか？」

「何って、あんた」

絶句する店主にチラリと目をくれて、恵子は歩きだした。

膝がガクガクしているのを悟られまいと、背筋を伸ばして大股で角を曲がった。曲がった先で立ち止まり、つめていた息をいっきに吐き出すと、脈打つ音がはっきり聞き取れた。

慣れないことはするものじゃないと、脇にじっとり冷や汗をかきながら、恵子は呼吸を整えて、また歩きだした。


翌日、立ち話をしていた店主の一人が店をのぞいて、「あのときは何も言ってやれなかったけど、俺は応援してるから」とひと声かけて立ち去った。

「角のおでん屋のおやじに聞いたよ！」

うらちゃんが興奮気味に入ってくる。

「言ってやったねえ、胸がすいたよ」

「なに、それ」

昨夜のことに触れてほしくなかった恵子は、曖昧な笑いではぐらかそうとした。

「感心してるのに、笑うところ？」

うらちゃんはにゅうと唇を突き出し、変顔をしてみせる。

恵子はこらえきれず、うらちゃんの顔を指さして、苦しそうに脇腹をおさえた。

「どうかした？」

博士が暖簾をくぐった。

うらちゃんは、唾を飛ばしながら事の次第を話す。

「言っていいと思ったことは、口に出してみる。していいと思ったことは、やってみる。ためらわないっていうのが、誰にもできることじゃないけど——」

「もしかして、俺にはできないってこと？」

博士は落ち着き払って、

「人によりけり、相手によりけり、だね」

素知らぬふりで、うらちゃんをけむに巻いた。

「よりけりって——。恵ちゃん、わかる？」

うらちゃんが真剣な表情で首をひねるのを見て、思わず吹き出しそうになったが、ギュッと口を結んだ。

やってきた常連が、ニヤニヤしながら恵子の肩をたたく。

賛同者がいるのに意を強くしたうらちゃんは、「ほら、ほら」と、博士に得意顔を向けた。

博士は苦笑しながら、

「恵ちゃんに、NPOの場所を教えてもらった人なんですがね、とりあえずシェルターに入ることが決まりました。落ち着いたら、就労先を探す支援をするそうですよ」

と、言う。

「なに、なに、何の話?」

うらちゃんが割り込んできた。

「後で――」

恵子は、やんわり手で制した。

「あの人、相談に行ってくれたのね」

「切羽詰まっていて、迷っている余裕はなかったみたいだと聞いています」

「よかった……」

口数少なに下を向いていた姿を思いだし、「よかったわね。ほんとによかった」と言葉を重ねた。

六

ようやく女将の体力がもとの状態にもどり、恵子が付き添って、総合病院に通院できるようになっていた。

今日は、月に一度の定期検査の日だった。

億劫がる女将をせかして連れ出すのに、随分と手間取ってしまった。

「心臓の働きが少し弱いみたいですね。ご高齢ですから、念のため入院して、精密検査を受けてみましょうか」

医師は淡々と検査結果を告げ、入院を勧めた。

「その方がいいですよね」

恵子は女将がとやかく言う前に、医師の意向を確かめる。

「それがいいと思いますよ。ベッドの空きはある？」

同意を得る必要はないとばかりに、医師が看護師に指示をだす。

これには、女将もあきらめて「よろしくお願いします」と、殊勝な面持ちで言うしかなかった。

幸い空きがあり、その日のうちに入院が決まった。

「たいしたことないのにねえ」

納得がいかないのか、ため息を交えて何度も繰り返しては、恵子を困らせる。

「たいしたことないうちに、治療をした方がいいに決まってます」

恵子に強く言われて、女将は仕方なくベッドに体を横たえた。

「後は頼んだよ」

聞き取りづらい声でそう言うと、寝返りをうって背を向けた。

「元気を出してくださいな。家のことも店のことも心配いりませんから」

「わかってるよ」

ふてくされたみたいに布団を頭から被ってしまった。


同室の人に挨拶をしたとき、ベッドの手摺りに下げられた名札を見て、恵子は仰天した。面差しはずいぶんと変わってしまったが、慎ちゃんに間違いなかった。慎ちゃんが赤羽近辺に住んでいるなんて、頭の片隅にも浮かんだことはない。

驚いた割には、それほど心がざわつかないのが不思議だった。忘れたわけではないけれど、五十年という年月は、やはり長い。いいことも、悪いことも、色あせて、薄れてしまっていた。

幸い慎ちゃんの方は気づいていないようだ。何本もの管を体に付けられ、天井にうつろな眼を泳がせて横たわっている。恵子は知らんふりを決め込むことにした
博士、和尚、うらちゃん、それに五郎ちゃんも、入れ代わり立ち代わり見舞いに訪れては、「元気そうじゃないの。店が寂しがってるから、早く良くなってよ」と、口々に力づけの言葉をかけて帰る。

精密検査の結果、女将の心臓は年相応に弱りが来ていて、服薬して様子を見ることになった。

「退院できるんだね」

女将が声をはずませた。

「先生の許可が出ても、無理はできませんからね」

退院できるのは薬の効果を見てからなのに、いまにも着替えを始めそうな勢いに、恵子は慌ててくぎを刺した。

「シャワーをしましょうか」

看護師が病室にきて、女将に声をかけた。

着替えを調《ととの》えて送り出した後、ベッド回りを片付けていたときだった。

「お嬢さん」

しわがれてしまった声を振り絞って、慎ちゃんが、すがるような表情で恵子に視線を向けた。

――気づいていたのか！

いまいましい過去が、だしぬけにグイッと腕をつかんできた。

恵子は両の足を踏ん張り、平静を装って「どなたです？」と、冷ややかにベッドの上の慎ちゃんを見下ろした。

慎ちゃんは、管につながれた体をなんとか起こして、無言のまま頭を下げた。

恵子はクルリと背を向けて、そっけない態度で部屋を出た。

黒々とした感情が、墨汁をぶちまけたみたいに、胸いっぱいに染みてひろがる。恵子は息をつめ、速足で浴室に向かった。

「すみません、これで帰りますので、お願いします」

看護師に後を頼み、「女将さん、また明日きますから」と言い残して、逃れるように病院を後にした。

店に向かう途中、涙がぽとぽと頬に降りかかった。

受けた仕打ちを、今になって強く意識した――というわけでもない。なんだろう？　涙がとまらない。それでも頭の芯は冴えていて、気持ちがぐらつくことはなかった。

店番を頼んでいた博士が、「何かありましたか？」と、瞼を腫らした恵子の顔を、心配そうに覗き込んだ。

「なんにも！」

語気強く否定する様子を、ただ事とは思えなかったのだろう。それとなく傍らに寄り添ってくれた。

「後戻りしないと決めているのなら、何もかもうっちゃってしまっていいんです」

心の奥を見透かすような顔つきは、感情を失ったかのように揺るがない。優しい語り口にも、それでいいのだと思わせる強さがある。

女将が退院するまでの間、恵子は慎ちゃんと目を合わせようとせず、無視をしとおした。


退院してからも、薬をもらうための病院通いは欠かせない。

女将の世話をしてくれた看護師が、風呂敷包みを抱えて外来にやってきた。

「同じ病室だった患者さんから、これを、おたくに返して欲しいって頼まれましてね。あの方、五日前に亡くなったんですよ」

看護師の声が、耳元をかすめて飛んでいく。

「亡くなった……。そうなんですね」

それくらいにしか思えなかったし、そうとしか言えなかった。

「ありがとうございます。お手数をおかけしました」

礼を言って、渡された風呂敷包みをといてみると、見覚えのある「うさぎや」の暖簾だった。

白地に紅色で「うさぎや」と染められ、右下には、店の屋号にもなったうさぎ饅頭の絵柄が染め付けてあるはずだ。

広げると、懐かしい甘い匂いが、ふわりと鼻先に運ばれてきた。

あっという間に小さかったときに引き戻され、母と暮らしたころのあれこれが、回り灯籠が映す影絵のように、頭の中に次から次へと現われて、涙が堰を切ったように零《こぼ》れ落ちた。

恵子は博士のせっかくの心添えを振り放し、暖簾をぎゅっと握りしめた。

「大事なものなんだねえ」

「実家に代々受け継がれてきた暖簾です」

「なんの商売をしてたんだい?」

「小さな和菓子屋でした」

「和菓子屋ねえ、そこのお嬢さんだったたってわけだ」

「ずいぶんと昔のことになります」

子どものころを思い出し、恵子は涙にぬれた目じりを下げた。

慎ちゃんは、亡くなる前に担当の看護師に暖簾を託し、返してくれるよう頼んでいた。店がつぶれてからも、暖簾を大切に持ち続けていた。恵子を差し置いて自分が店を継いだことを、店をたたむ羽目になってしまったことを、心苦しく思っていたとでもいうのだろうか――。

何をどう思ってのことか、考えても、考えても、これだといえる答えに、行きあたらない。

兄妹だとわかってからも、優しい言葉をかけられた記憶は――ない。

恵子は、慎ちゃんの気持ちを、このまま受けいれる気には、どうしてもなれなかった。

「だいじょうぶかい？　話して楽になるんなら、いつでも言っとくれ」

「そのうちに」

女将にはそう言ったが、多分なにも話さないだろう。この先もずっと。

自宅で療養していた女将の具合が、だいぶ良くなってきた。

良くなったといっても高齢には違いなく、女将が店に出たいと言えば、うらちゃんが迎えに行く。

客と話していると張り合いが出るようで、か細かった声に力が戻ってきた。

「しばらく顔を見せないから、代替わりしたかと思ったぜ」

五郎ちゃんがやってきて、嬉しそうに憎まれ口をたたく。

「幽霊かもしれないよ。気をつけな」

「与太言いやがって。ちんけなスカートの裾から、足が二本のぞいてるじゃねえか」

「前と変わらないね」

うらちゃんが、とびっきりの笑顔を見せた。

「昼のご飯、残ってないかい？」

和尚がいつかの兄妹を連れてきた。

「ごめん、なくなってしまったけど、いいわよ」

恵子は、子らの前に、好きそうなものを並べた。

「嫌いなものがあった？」

二人とも手をださない。ふさぎ込んでいて元気がないようだ。

「腹が減ってるんだろう、食べとかないとな」

和尚に促されて兄は箸を持ったが、妹はしくしく泣き出してしまった。

「泣くな！　お兄ちゃんがついてる」

女の子の声が余計に大きくなる。うらちゃんは、こういう場は苦手で、裏口からこっそり出て行った。何かあったのは確かだろうが、小さな子にうっかりしたことは言えない。

「おばちゃん、長いことひとりで生きてきてね、そりゃあいろいろあったよ。だけど、どうにかなってきた。お兄ちゃんも、和尚もついてるからだいじょうぶ。ここにいるみんなも味方だよ。何があっても、お腹がいっぱいなら心配なし。食べようね」

「いい気なもんだろう。どう見ても、おばちゃんには見えないよな。おばあちゃんだ、なあ」

五郎ちゃんが、そうだよなと、女の子の頬を両手で挟み、涙目に顔を近づけた。

「違いない。差し当たりあたしなんか、ひいばあちゃん、てとこだね。けど、案外と頼りになるよ」

女将も、手ぶりを交えてわざと面白可笑しく言う。

「乗せられるんじゃないよ。とんでもないばあさんだからさ」

五郎ちゃんの憎まれ口も、こんなときには結構役に立つ。女の子のぐしゃぐしゃの顔に白い歯がのぞいた。

「食べよう、食べよう」

この機を逃してはと、恵子は女の子に箸を握らせた。

子らを送り届けた後、遅くなってからまた店に来た和尚が、腰を据えて深酒をした。

「いったい何があったんだい？」

しびれを切らした女将が、事情を話すよう急き立てた。

「あいつらの母ちゃんが……」

和尚の言葉が続かない。

「じれったいねえ、あの子らの母ちゃんがどうかしたのかい」

「いなくなった」

「そりゃ大変だ。警察には届けたんだろうね」

「役所が届けた、と思う」

「役所って……子らはどうなるんだい？」

「……児童相談所に保護されることになったよ」

恵子は、女将に向かって口に手を当て、「それ以上は」と首を横に振った。

和尚は深酒をした割には、しっかりした足取りで帰って行った。

暖簾をいれた後で、女将がポツリと「置いてかれたのかねえ」とつぶやく。

恵子は、「じゃないといいんですけど……」と眉をひそめた。

塞いではかりいられない、稼がなくては。女将の入院費に薬代と、たいそうな物入りが続いた。気がかりを振り払って、恵子は明日の下ごしらえに取りかかった。

思いの道

—

横丁の空気が澄んでいる。

いつもなら、酒や食べ物の匂いがあっちへ行ったりこっちへ行ったり、行き場を探してウロウロ漂っているのに、高い空に吸い込まれてしまったのか、今朝はさわやかだ。仕入れから帰った八百屋の従業員が、荷下ろしをしながら掛け合う威勢のいい声が、路地の奥までよくとおる。

うらちゃんは約束どおり、朝の買い出しやらなにやら、こまめに手伝ってくれていた。

腹ペコさんの食事がひと段落した後、午後の支度を調えて、店先に打ち水をしていたときだった。足元をかすめて何かが素早く飛び退いた。びっくりして振りかえってみると、ガリガリにやせ細った猫がこちらをにらみつけている。

「なかなかの面構えだねえ」

恵子は、刺激しないよう顔をほころばせ、のんびりした口調で語りかけたが、猫は毛を逆立てて威嚇してきた。

「突っ張ってるんだ、へんに悪びれたりするんじゃないよ」

拳を二度、軽く振った。応援のつもりだったが、猫には通じないみたいだ。ひらりと身をひるがえして、建物の隙間に逃げ込んでしまった。

骨の浮き出た姿がいじらしくて、出し殻のイリコとカツオを一掴み、隙間に入れてやる。

「これでおしまいだからね」

野良猫に餌をやってはいけないという、町内会の申し合わせがあるのだ。

「お恵さん、いいかい？」

恵子は常連や横丁の人たちから、いまでは「えんまのお恵さん」と、通り名で呼ばれている。

「口開けのお客さんだ、サービスしとくよ」

小皿にこんもり塩を盛って店の入り口に置くと、恵子は眩しそうに太陽を仰いで手を合わせた。


女将がめずらしく日の高いうちから店にきた。

花柄模様のしゃれたシルバーカーを押している。昼前に帰ったうらちゃんが一緒だ。

「いいでしょう、俺がついていって駅前のショッピングセンターで買ったんだよ」

「まだいいっていうのに、うらちゃんが――」

不服そうに女将がぶつぶつと愚痴をこぼす。

「腰を下ろせるタイプの方が楽だからって勧めたんだけど、女将さん見栄張っちゃって」

うらちゃんが、恵子の耳もとに口を寄せて言う。

うらちゃんは、こっそりのつもりだろうが、何しろ声が大きい。小さくしようと思えばできるのに、今みたいにわざと聞こえよがしに言うときがある。

「病院は腰の曲がった年寄りでいっぱいだ、あたしなんかまだましな方だよ。ねえ、恵ちゃん」

言ってやっとくれよ、とでもいうように、うらちゃんの方を見て、女将が顎をしゃくった。

九十の坂を越えて、体力が落ちているのは傍目にもわかるのに、女将はまだまだ気だけは盛んだ。

それでも、うらちゃんに言われるままシルバーカーを買ったってことは、自分でも必要だと感じていたからに違いない。退院するときに、足元が悪いからと恵子も勧めてはみたのだが、この時はきっぱり断られていた。

「楽に歩けるなら、それに越したことはありませんよ」

恵子はどっちつかずの返答をした。

近ごろの女将は銭湯に行くのも大儀がるし、時々肩で大きく息をする。

医師に相談しても、「お歳がお歳ですから」というだけだ。体のあちこちに弱りがきているのは確かでも、心臓のほかに特に治療を必要とするような病気はないということなのだろう。

日が落ちたころ、博士、和尚、が顔をそろえた。

「『えんま』をこれまでどおり続けられるように、ややこしい手続きやらなにやら、いっさいを博士に頼んであるから、心配しないでいいよ。後は博士の言うとおりにするんだ、わかったね」

場がしんと静まり返った。

「なにかと思えば、いまにもいなくなるみたいなこと言っちゃって。肝をつぶすだろう、やめてくれよ!」

うらちゃんが調子っぱずれの声をあげる。

和尚が、うらちゃんの頭をパシッとはたいた。

「こりゃうっかりだ。しくじったねえ」

いなくなるなんて口にしてしまい、おどけながら失言を取り返そうとする。

「『えんま』の屋号はあたし一代限りのものだ。彼の世に行くときには、死に装束の代わりに暖簾を体に巻いとくれ。頼んだよ」

女将はかすかな微笑みをうかべ、まっすぐな目でそれぞれの顔を見た。

このときばかりは、声をあげる者は誰もいなかった。

博士は、普段と変わらない落ち着き払った物腰で、ひとり淡々と飲んでいる。

「なにしんみりしてんだい？」

五郎ちゃんが暖簾をくぐった。

「女将さんがつまんないこと言うから――」

うらちゃんは冗談めかして、いきさつをかいつまんで話す。

「やっと覚悟を決めたのかい。あとは任しとけって、この俺が悪いようにはしないからよ。大船に乗った気で彼の世に行きな」

「相変わらずだねえ。半ちくがいっちょまえの口をきいて、長生きするよ」

久々に、女将が屈託のない笑顔を見せた。

「言われなくたってそうするさ」

五郎ちゃんは、よわったときには、ほんとうに頼りになる。

帰り際、送りに出た恵子に「俺は本気だから。前にも言っただろう、できることは何でもやるからよ」と、えらいまじめな顔で声をひそめた。

「わかってる。ありがとね」

短く応えて、胸もとで小さく手を振った。

「まったく、五郎はがやがやと騒がしい男だよ。あれでよく工場がやっていけるもんだ」

女将がニコニコしながら毒づく。

「ほんとに。でも頼もしいじゃないですか」

つられて、恵子もニッコリした。

「これで帰ります」

博士が店を出ていった。

「また来るから」

うらちゃんも博士の後を追う。

「夜は何もすることがないから」と、和尚がひとり長居を決め込んだ。

「コンビを組んで漫才をやったら受けるよ」

五郎ちゃんとうららちゃんの掛け合い漫才を、酔っぱらった和尚が、それらしく演じて見せる。

「そろそろ看板だよ」

女将に促されて立ち上がったのはいいが、足がもつれる。どうもないよと手を振って、ふらつきながら帰って行った。

「だいじょうぶですかね――」

気遣う恵子に、「誰がちょっかいを出すっていうんだい?」と女将が噴き出した。

二

女将の横になっている時間が、だんだんと長くなってきた。

以前は玄関先の鉢物に水をやったりしていたが、今はそれもしなくなった。

恵子は客を迎えるしたくを調えると、いったん店を閉め、女将の様子を見に帰る。親しくなったご近所さんも、時々見に行ってくれてはいるが、やはり心配だった。

「今日は気分がいいから、顔を見せてやろうかと思ってね」

女将が身支度をして待っていた。

シルバーカーを押して歩きながら、「この匂い。やっぱりいいねえ横丁はさ」と、胸を反らせて大きく息を吸い込んだ。

女将は五十年以上もこの横丁で店を張り、他に行き場のない人たちや、悩みを捨てにやって来る人たちと、いっしょに憂さを笑い飛ばし、背中を押して、生きてきたのだ。

恵子は、シルバーカーにそっと手を添え、女将の歩幅に合わせて、ゆっくり歩いた。

道々で、顔みしりから声がかかる。

「くたばりそこないが、案外と元気そうじゃないか」とか、「太っちょが、並んで歩いてんじゃないよ。暑苦しいだろう」とか、ぞんざいな口調でも、気持ちのこもった言葉をかけてくる。

「はばかり様、くたばったら化けて出てやるから」

女将も負けていない。

「首を長くして待ってるよ！」

明るい笑い声が横丁に響いた。

手荒いけれど情味のある挨拶に、女将の歩幅がほんの少し大きくなった。

恵子は店内を見通せる場所に、女将がくつろいで客と話ができるよう、安楽椅子を置いていた。

気をつけて女将の様子をみていると、椅子に体をもたせかけたまま、うつらうつらしているときがある。それでも、「女将さん、また寄るからよ」と客がひと声かけると、薄目を開け、ひじ掛けに両手をついて、「よいしょ」と立ち上がる。

「またおいでね。待ってるよ」

そう言って、上機嫌で客を送り出すのだ。

「和尚を見かけないけど、どうしてるか知らない？」

うらちゃんがやってきた。

赤べこのことがあってからは、博士や和尚が二日も店に顔を出さないと、心配でたまらないといった様子でジタバタする。

「お寺にはいないの？」

「行ったけど……いないんだ」

「ご住職には訊いてみたの？」

「まだ……。恵ちゃんも気になるでしょう」

うらちゃんは大口をたたく割には面《おもて》が弱く、親しくない人と向かい合うと、気おくれしてしまうところがある。

「いっしょに行ってやるんだね」

女将もその辺は心得ていて、ついて行ってやれと言う。

「明日行ってみようか」

気にかかるのは、恵子も同じだった。

寺に行ってみると、住職が作務衣《さむえ》姿で境内の掃除をしている。境内を掃除するのは、和尚の役割だったはずだ。

「ご住職、和尚はどうしました？」

うらちゃんも恵子の背後から、「昨日もお堂に行ってみたけど、いなくて」と不安げに尋ねる。

「修行に行きました。帰ったら、自分でわけを話すと思いますがね」

「お坊さんになるの！」

うらちゃんはもともと地声が大きい。そこへもってきて驚いたものだから、割れ鐘のような太くて濁った声をあげた。

「ええ、知り合いの寺が無人になってしまって、そこの後釜の住職にどうかと。それでまあ、修行にね。あれとは仏教系の学校で共に学んだ仲でしてな。ただ、修行の方がちょっと――。制約の多さが気質に合わなかったんでしょう。でも今回はだいじょうぶだと思いますよ。里親になるっていう、はっきりした目標ができましたから」

恵子とうらちゃんが顔を見合わせた。

「あの子らだ！」

またまた、うらちゃんが大声をあげる。

「ご存じの子らですか？」

「和尚が店に連れてきて何度か――。それで、帰るのはいつごろになるでしょうか？」

「さあ、一年になるか、二年になるか。ご存じのとおり、ああ見えて案外生真面目なところがあって、納得がいくまでは――。でもまあ、子らのためにはそう悠長なこともね。それに、あれも七十を出ましたから、里親になるには急がないと。だいじょうぶ、無縁のお墓は寺で供養をしますから、ご心配には及びません」

「和尚はどうして俺らにはなんにも言わなかったんだ？　別に悪いことをするってわけでもないのに黙って行くなんて、わけがわかんないよ」

同じことをブツブツ繰り返しながら、一段、一段、蹴飛ばす勢いで、うらちゃんが寺の石段をくだった。

和尚は、あの子らに責任を持つと思い定めたのだろう。なぜ黙って行ってしまったのか、そこのところはわからないが、今のうらちゃんは、何をどう言っても聞き入れてくれそうにない。

「女将さんになんて話す？」

急に足を止め、恵子を振り返った。

「ほんとのことを話した方がいいんでしょうけど……。近いうちに帰ってくるって、報告しとかない？　その方がいいと思う」

うらちゃんは石段の中ほどで立ち止まったまま、山門をぼんやり見ていたが、「それしかないよね」と、ぽつりと言う。

ふたりとも、女将の寿命がそう長くないと感じていたのだ。

女将も和尚のことが気にかかったのか、寝間着のままで、居間に座って待っていた。

「よかった、よかった。落ち着いたらまた近いうちに顔を見せてくれるんだろう？　こうなったら、あたしもまだくたばるわけにはいかないね」

手近にあったタオルをとって、涙で濡らした顔を何度もぬぐった。


博士には、隠さずありていに話した。

「博士は身軽がいいって人だよね。でも、和尚があの子らの里親になるために、住職の修行をするっていうんなら、快く送って、帰って来るまで待ってる。でしょう？」

悪気はないとわかっているが、うらちゃんは、立ち入ってはいけない人の心の中に、たまにふみ込んでしまうときがある。

「身軽ですか――。じゃあ、みんなで『えんま』に溜まっておだを上げていたのは、どうしてだろうね。ひとりはつまらないから、仲間とつながっていると安心だから、ワイワイやれる心地のいい居場所があると、明日もだいじょうぶだと思えるから、違いますか？　和尚は、守りたい人のために、新しい居場所を見つけたんじゃないですかね。これまでのつながりに縛られることはありません。ここに帰ってこようが、こまいが、和尚の思うとおりにすればいいんです」

自分を否定するような、和尚の気持ちに寄り添うような、微妙な返答だった。

博士の心のうちは、簡単に割り切ってしまえるほど、単純なものではないのかもしれない。

「ねえ、里親って年齢制限とかないの？」

博士に言われたことが、もうひとつ腑に落ちないのだろう。戸惑ったうらちゃんが急に話を変えた。

「年齢制限は特にないし、資格も必要ないと思いますよ。ただ子どもが成人した時にあまり歳がいっているのはどうでしょう。そのあたりは、住んでいる地域によって違うかもしれませんね。里親になりたい人は、面接を受けて、養育できるかどうか審査され、できるとなったら研修を受けることになります」

「七、八年もしたらお兄ちゃんの方は成人するから、和尚の歳でもギリギリだいじょうぶってことか。でも、急いだほうがいいよね」

博士の説明を聞いて、和尚がそう遠くない時期に帰ってくるかもしれないと、うらちゃんが調子づいた。

思ったことをそのまま口にする、いつもながらの物言いで、恵子は聞いていて疲れてしまった。

「待ってるしかないわね」

恵子の言葉つきは、この話はこれで終わりとでもいうような、きっぱりとしたものだった。

三

調理台の上にある棚にガタが来たので、赤べこが寝泊まりさせてもらっていた工務店に、付け替えを頼んでいた。

「おそくなったね」

店の定休日にやってきたのは、社長だった。東南アジア系の若い男性と一緒だ。日焼けした額をてからせて、木材を載せた台車を押している。

恵子の申し訳なさそうな表情を見て、「暇なのは俺だけなんでね。まだまだ腕は鈍ってないよ。棚の付け替えくらいお手のものだ」。

言うが早いか、さっさと仕事に取り掛かる。

確かに腕は鈍っていない。連れの男性に指示をして寸法を取り、材料を刻んで棚を付け替える。流れるようにやってのけ、見ているうちに仕事を片付けた。

「お支払いの方は、振り込みにしますか？」

「いい、いい」

社長は、手を横に振っていらないと言う。

「そんなわけには――」

「なあに、材料は余り物でほかに使い道のないものだ。気にしないでくれ」

「でも、手間賃が――」

「現場の役にはもう立たないし、経理は母ちゃん任せだし、俺は会社で座ってる人。暇を持て余してるからね」

「都合のいい時に出かけてくださいな。ご馳走しますので」

「寄らせてもらうよ」

社長は気持ちのいい言葉を残して、帰って行った。


「じゃまをしてもいいかな？」

次の日、社長が早速店に来てくれた。棚の付け替えを手伝った若い男性も一緒だった。

「ユンっていってね、ベトナムから働きに来てるんだ。赤べこがいたプレハブで寝泊まりしてるよ。せっかく住めるようにしてあるのにもったいないだろう。国の妻子に仕送りをしてるから、その方が金がかからなくていいんだってさ」

ユンに、好きなものを頼めと身振りを交えて言う。社長はアルコールを控えているのだそうだ。

「口に合うでしょうか？」

「カセットコンロを持ち込んでいてね。作った飯を振る舞ってくれるけど、まあ同じアジア人だ、食えるよ。こいつにとっての日本食も同じようなもんじゃないかな」

「いや違うでしょう」

ちょうど店に居合わせた五郎ちゃんが、横から口をはさんだ。

「たまにベトナム料理の店で飯を食うけど別物だよ。けど、俺は好きだな」

「五郎ちゃん、この人の食べられそうなものを教えて」

五郎ちゃんが選んだのは、あっさりした味付けの物だった。

「地域によって味はずいぶん違うらしいけど、俺が行くところは、あんまり塩気が強くないからさ」

「色々食べてみて。ユンさんはビールがいいかな」

恵子は、五郎ちゃんが推したものを真ん中にして、ほかの肴を大皿に少しずつ盛り付け、ビールに添えてユンに出した。

「ありがとうございます」

「日本語、話せるのね」

「少しだけ」

「ベトナムで日本語を教わってから、こっちに来てるからね。日常会話くらいはできるよ」

ユンは、社長の言うことをうなずきながら聞いていた。気を使ったのか、出したものはきれいに食べてくれた。

「五郎っていうんだ、よろしくな」

五郎ちゃんがいきなりユンの手を握る。ユンの方は驚いて、ビクッとして片足を後ろに引いた。

五郎ちゃんはお構いなしに、人懐っこい笑顔で、握った手を強く振った。

「今日はいい話をもってきたんだよ。今度の解体現場で、この店に合いそうなカウンターが出るんだけど、どうかと思ってね」

まだ使えそうなものや、建築の際に出た端材は、倉庫にストックしておくのだという。

「ありがたいお話ですけど、代金を取っていただかないと――」

「そうだなあ……じゃあ、これに少しばかり小遣いをやってくれるかい？」

「それだけでは――」

「いいよ、いいよ。元がただの代物だ。俺がこの店の役に立てば、あいつも彼の世で喜んでくれるさ」

社長は、彼の世と言いながら人差し指で上をさしたが、大げさだと思ったのか、きまり悪がって照れ笑いした。

「ユンさん、もしお口に合ったのならまた寄ってくださいな。ご馳走しますから」

恵子の言ったことがわかったのかどうか、にっこりして帰って行った。

ユンは時々顔を見せるようになった。

来たときは、ベトナム料理を作ってくれる。日本人の口にあって酒の「肴」にもなりそうなものを、ためしに客に出してみると、思いのほか評判がいい。特に若い人たちの受けが良かった。

「ユンさん、みんなおいしいって言ってる。料理は誰に教わったの？」

ユンは嬉しそうに「お母さん、いろんなものを作ってくれた。上手よ」と、腕をポンとたたいた。

恵子はかかりを渡そうとしたが、食材費は受け取っても、手間賃は「ご馳走になってるからいい」と受け取らない。

そこで、受け取ってくれないとこっちが困るからと、食材費に少し上乗せをして渡すようにした。


「ユンが世話になってるようで」

社長がカウンターの付け替えに来た。「えんま」は、月曜を定休日にしている。ユンも一緒だ。

ふたりして、半日がかりでカウンターを新しくしてくれた。

恵子は「気持ちばかりの品ですけど」と、菓子の箱を社長に手渡し、ユンには、金を入れた封筒をそっと渡した。ユンは社長の顔をうかがい、社長が大きくうなずくのを見て受け取った。

「母ちゃんが喜ぶよ。この店の塩羊羹には、目がなくてね」

社長は血糖値が高くて食べさせてもらえないのだと、頬を膨らませて菓子箱をゆすった。

翌日、うららちゃんが見知らぬ男性と店にきた。

「どうしたの、これ。まるで違う店みたいじゃない」と、相変わらず大げさなことを言う。

「ユンと社長で取り替えてくれたのよ。解体した店舗にあった物なんだって。古材もカンナをかけるときれいになるのねえ」

カウンターに艶布巾《つやふきん》をかけながら、恵子は満ち足りた顔を、うららちゃんに向けた。

うららちゃんは、「フーン」とさっきと打って変わって素っ気ない。

ユンに安い店を教えてやりたくて、なにかとお節介を焼くのだが、ユンが乗ってこないのだ。

「ベトナムの人がやってる店にしか、行かないのかなあ」

さすがのうららちゃんもお手上げで、どうにも取っ掛かりがつかめないと、やきもきしているようだ。

ユンのよそよそしい態度は、恵子に対しても変わらない。つつかれた貝がビクンと口を閉じてしまうみたいに、感覚をそばだてていて、どうもてなしていいのか、わからないときがある。

「俺って、そんなに信用できない顔をしてる？」

「ここはよその国なんだから、問題を起こさないように気をつけてるんだと思うよ。それに、ユンはシャイでしょう。打ち解けるまでには、時間がかかるってことじゃないの」

「そうかあ……そうだよね」

うらちゃんは、ねじ曲がったところがない。

「こちらは？」

恵子は連れを紹介するよう促した。

「そうだった。これ、友達のタケ。これからお世話になります」

わざとらしく敬礼をする。怪しい。こんな態度を見せるときは、きまって何か隠しているときだ。

「こいつ腹が減ってるみたいなんだ。何か食わしてやってよ」

馴染み風を吹かせるうらちゃんをよそ目に、恵子はお膳をタケの前に置いた。

タケは黙々と平らげた後、両手を合わせて頭を下げた。

「よかったらまた寄ってくださいね」

タケは「はい」とだけ言って店を出て行った。

「愛想のないやつでしょう。あんなだから、客の受けが悪くて仕事が来ないんだよ。何十年かぶりにひょっこり宿で会ってさ、たまのバイトで食ってるって言うんだ。売れなくても、芸人がやめられないんだね」

「芸人さんなの？」

恵子に突っ込まれたうらちゃんは、「いけない！」と手で口をふさぎ、眼をきょときょと動かした。

二人は芸人仲間だったのだろうか？　話したくなったら話すでしょうと、知らん振りをすることにした。

うらちゃんが「これから世話になる」と言っていたタケは、姿を見せなかった。

四

しばらくぶりに、女将がうらちゃんの手を借りて店にやってきた。

すっかり体力が落ち、大通りまではタクシーに乗り、横丁はシルバーカーに体をあずける恰好でそろそろと歩く。見かねた人が「寄っていきな」と声をかけても、「まだそんな歳じゃないよ」と気丈にふるまう。「達者なもんだ」と、声をかけた人もあきれ顔でやり過ごすしかない。

「赤羽公園の桜はまだかねえ」

女将が誰に言うともなしに、小声で言った。

「今年は早いみたいですよ。咲いたらお弁当を持って出かけましょう」

「いいね」

店が立て込む前に食事をとってもらおうと、柔らかくて飲み込み易そうなものを並べたが、箸が進まない。近ごろは、めっきり食が細くなっている。

うらちゃんの介助で安楽椅子に横たわり、うつらうつらし始めた。客も心得たもので「今日は閻魔様のお出ましだ」と、無駄口もひかえめだ。

「女将さん、お茶にしますか？」

客足もひと段落して、恵子が声をかけた。

「熱燗がいいねえ」

女将が薄目をあけた。お気に入りの大ぶりの猪口に、燗酒を中ほどまで注いで渡す。

「ちょっと熱いかもしれません」

恵子が手を添え、女将は喉を鳴らして飲んだ。

「寿命が延びそうだよ」

優しい笑顔を見せた。

「もうひと口どうです？」

「もらおうか」

猪口を渡す恵子の手を、女将が驚くほど強い力で握ってきた。恵子も握り返す。女将の力がだんだんと弱まって、手がだらりと膝の上に落ちた。

「うらちゃん、救急車！」

うらちゃんが飛んできて、女将の肩をゆする。

「大変！」

うらちゃんは、うろたえるばかりで頼りにならない。恵子が救急車を呼んだ。

隊員に応急手当てをしてもらいながら病院に向かったが、着いた時にはもう息をしていなかった。

ろうそくの灯火《ともしび》がふっと消えるように、女将はひっそりと旅立っていった。

病院には、博士と五郎ちゃんが駆けつけた。

「熱燗を飲んで逝くなんて、らしいよな」

「そうですねえ――」

なぜだか涙を見せる者はいない。待合の硬い椅子に腰かけて、着替えを持って処置室に入った恵子を、ぼんやり待っている。

「うららちゃん、親族とかさ、どうなってるんだい？　連絡しないといけなかないかい？」

「そういうのは、博士が任されているはずだよね。どうなの？」

「女将さんは、疎遠の親族を呼ぶ必要はないし、葬儀も不要だと言っていました」

遺体は、博士が手配した葬儀社のストレッチャーに乗せられて、自宅に戻った。

女将が望んだように、遺体にはえんまの暖簾がまかれ、そのまま荼毘に付された。

意外だったのは、夫の眠る墓に埋葬してほしいと、博士に頼んでいたことだった。

「なんで？」

うららちゃんはキツネにつままれたような顔をしている。

同じ墓に入るのは嫌だと言っていたのに――。

仏壇のお供えも不要と言っていたのに――。

体に残る古傷は、夫婦がくぐり抜けてきた修羅場の数より少ないはずなのに――。

それでも切って捨てられずに、夫の傍で眠ると、心を決めた。

「そうしたかったから、そうした。いいじゃありませんか、それで」

博士らしい言い回しだが、判じ物の意図を見抜けと突き付けられたようで、頭の中がもやもやする。夫婦のあれこれを知る博士に思いを託したのだ、何故そうしたいのか、女将がわけを話していてもおかしくはない。

「俺らがどうこう言えるもんでもないか」

うらちゃんは、あっさり白旗を掲げてしまった。


納骨も終わり、博士が、恵子とうらちゃん、それに五郎ちゃんを女将の家に集めた。

「僕が、女将さんから今後のことを託されていたのは、知ってるよね」

三人がそろってうなずいた。

「この家は、女将さんが知り合いに売却しています。連れ合いも兄弟もすでに亡くなっているけど、姪とか甥がいてね。面倒が起きないよう自分で売ってしまって、税金も納めているそうです。残った金銭の処分については、僕が弁護士に依頼して、女将さんの遺言どおりに分配してもらいました。墓所の管理に必要な金も、寺に納めてあります」

「しっかりしすぎてるっていうのも、可愛げがないもんだねえ」

感心したような、あきれたような口ぶりで、五郎ちゃんが言う。

「女将さんは、ずっと借家に住んでたってこと?」

うらちゃんは、きょとんとしていた。

「そうなりますね。売ったのは五年ほど前ってことでしたよ。店の今後についてなんですが、営業権はないので、新たに家主さんと契約しなくてはいけません。女将さんは、恵ちゃんに守っていってほしいと言い残していて、その方向で話はつけてあります。契約に必要な金と、その際に入り用になるかもしれない税金分も、僕が預かっています。後は恵ちゃんしだいです」

「引き受けなよ。でないと、俺らの溜まるところがなくなっちまう。なあ」

五郎ちゃんが、うらちゃんに同意するよう圧をかけた。

「そうして、お願い。博士もその方がいいでしょう?」

うらちゃんが、なんとも切ない声で訴えた。

「こうなったら受けるしかありませんね」

「女将さんの心残りがないように、とは思いますけど——。わたしには、お客さんに楽しく過ごしてもらうことや、昼のご飯を作ること、それくらいしかできません。いいんでしょうかねえ、そんなで」

「いい！　いいよ」

うらちゃんは、すかさず口をはさみ腰を浮かせた。

五郎ちゃんは、うらちゃんの両肩を押して座らせ、「よかったじゃないか」と、背中をとんと手のひらで打った。

「さっそく明日にでも契約を済ませてしまいましょう。いつまでも店を閉めているわけにもいきませんからね。そうと決まれば、恵ちゃんに渡すものがあります。恵ちゃんが受けてくれたら、これを渡してほしいって、女将さんに頼まれていたんです」

博士が風呂敷包みを目の前に置いた。

「新しい暖簾ですよ。開けてみて」

博士に促されて、包みをほどいて広げてみると、地色は「えんま」と同じ臙脂で、「うさぎや」と白く抜いてある。

「女将さんが、恵ちゃんの持っている『うさぎや』の暖簾は、かなりくたびれているから、門出には新しいものをと言ってね」

「なに、なに、『うさぎや』ってなんなの?」

うらちゃんが喧しく訊いてくるので、出かかっていた涙が引っ込んでしまった。

恵子は初めて昔のことを話した。

「それで、うさぎのペンダントか――」

新しい暖簾の由来を知って、うらちゃんが大きくうなずいた。

「まあよう、誰が、何を、どうするか、大変なのはこれからだな」

神妙な表情をして、五郎ちゃんが言った。

主を失った家は、博士が手配した業者が二日ほどで片付け、売却先に引き渡した。位牌は不要と女将が言い残していたそうなので、お寺に「閉眼供養」を依頼し、遺品整理業者に処分してもらった。

後の供養は、しなくてもいいということだろう。すがすがしいまでの心構えで、女将は逝った。

女将が亡くなったことや、店は恵子が引き継ぐことを、赤べこに報告しようと、うらちゃんを誘った。

お寺に行ってみると、墓前に花と線香が手向けられている。今日は、赤べこの月命日だった。

「和尚じゃない！　帰ってきたんだよ」

うらちゃんが、いつもに輪をかけた大声をあげる。

恵子も和尚に違いないと思ったが、ここで認めてしまうとうらちゃんが黙ってはいない。住職に尋ねて、それでもらちが明かなければ、系列の寺に聞きまわったりしかねない。

「そっとしときましょう。寺の住職ともなれば、気軽に呑ん兵衛横丁に出入りするわけにもいかないだろうし、けじめをつける意味もあって、顔を見せないのかもしれないじゃない」

うらちゃんが言い返してこないよう、注意深く言葉を選んだ。

「そうかもしれないね」

うらちゃんは寂しそうだったが、納得したようだ。このこだわりのないまっすぐな性格から、たまに騒動を起こすことがあっても、みんなが笑って済ませるのだ。


工務店の社長が、倉庫に頃合いの物があったからと、建て付けの悪くなった店の引き戸を、取り替えてやるといってきた。

固辞しても、「あいつが世話になった女将の香典代わりだから」と、どんどん工事の準備を進める。

「前にも言ったと思うけど、半端な材料で、暇な俺がやることだ。気にされるとこっちの方が困るよ。まあ、任せといてくれ」

屋根裏にも明かり取りの小窓を開けて、恵子が住みやすいようにしてくれるというのだ。

借りている家に、小さいとはいえ窓を開けるとなると、家主さんの承諾がいる。

博士に、急ぎ許可をもらってくれるよう頼んだ。

きれいになるのは結構なことで、防犯にもいいから店舗で寝泊まりしてくれて構わないと、鷹揚《おうよう》な態度だったという。

屋根裏のガラクタは、社長が手配してくれた業者が片付けて、そのまま引き取ってくれた。工事をしている間、社長一人だけでユンの姿がないのが気になった。

「ユンと一緒じゃないんですか？」

「姿を消してしまったんだよ。仕事がきつかったのか、もっと稼ぎのいい所を見つけたか、どっちにしても不法就労なんてことにならなきゃいいんだが」

社長の顔が曇った。

「仕送りをしてるって言ってましたけど、この先どうするつもりでしょう」

「国の仲間もいることだ、どっかで何とかやっていくんじゃないかな。長く日本で働ける制度もあることだし、もう少し辛抱してくれたら、骨を折ってやれたんだけどね」

「遠慮がちで、誰とでもうまく付き合える性格ではないようでしたが――」

「そうだったなあ。現場で気性の荒い者にあれこれ言われても言い返せないし、悔しくて辛いことも多かったと思うよ。母ちゃんは、おまんまが食えない苦労を知らないからブツブツ言うけど、黙って出ていくからには、ユンにだってそれなりの理由があったんだろう」

「一服してくださいな」

茶菓子に出したせんべいを、ふたりでぽりぽりかじっては、お茶で湿らせて流し込んだ。

「ごちそうさん」

社長は、手ぬぐいをくるくるっとねじって額に巻き、また仕事にとりかかった。

五

開店当日には、社長や常連客から祝いの花が届いた。その中に、知らない名前の書かれた花があった。

「和尚からじゃないですか？」

博士がうらちゃんにそう言うと、うらちゃんはいまにもあふれそうな涙目になり、「電話の一本もよこさないなんて、なんでなんだよ！」と大口を開けて怒り、泣いた。

博士、うららちゃん、五郎ちゃんの見守る中、恵子は「うさぎや」の暖簾を掲げた。

「いいんじゃない。ねえ、いいよね」

うららちゃんはあれだけ大泣きしておいて、けろりと忘れ、浮かれている。

五郎ちゃんに、「これだ、この調子だと当分ボケないぜ」とまぜっかえされても、「わるうございました」と、まるで気にする様子がない。

『えんま』と『うさぎや』、屋号が違うだけで、臙脂に白抜きの色あいは同じだな」

陽気な声に誘われて、はす向かいの店主が出てきた。

「ええ、女将さんにこさえてもらいましたから」

「閻魔様に見込まれたんじゃあ、お恵さんも観念するしかないやね」

店主は愉快そうに太鼓腹をゆすり、ずり落ちたズボンを、ごそごそと元のところまで持ち上げた。

にぎやかな門出になりそうだ。


博士とうららちゃんは、満席になるのを見越して引き上げるという。

「明日の朝、手伝ってもらえるかな？」

「昼もやるつもりなの！」

「明日から昼もやりますって、表に張り紙がしてあったの、見たでしょう」

「あれね、花にかくれてしまってたよ。無理しない方がよくない？」

その方がいいんじゃないかと、うらちゃんが気をもんだ。

「僕らには居場所があるけど、ない人もいますからね。あったかいご飯を食べにくる人は、それだけが目的ではないのかもしれませんよ。恵ちゃんは、せっかくきてくれたのに、がっかりして帰ってしまわないようにと、思ってるんじゃないですか」

「わかったよ。早めにきて、買い出しでも何でもやるから」


五郎ちゃんは、残って店を手伝ってくれた。

カウンターに立つ姿が、さまになっている。

「ありがたいけど、工場の方はだいじょうぶなの？」

「息子のやつが、俺なんかいなくてもいいって、生を言いやがるんだ」

跡継ぎが一人前の口をきくのが、うれしくてたまらないといった顔つきだ。

「『うさぎや』の女将さん、その着物似合ってるじゃないか」

開店祝いに訪れた客から声がかかった。

恵子は、古着屋で見つけた、臙脂の地色に波模様を型染めした江戸小紋の着物に、渋いからし色の博多帯を締めている。

初めて女将さんと呼ばれて、恵子の頬にぽっと赤みがさした。

「いらっしゃい。今日はおあしをいただかないよ」

「豪気だねえ。ご祝儀だ、取っといてくれ」

客はのし袋に祝いの金を入れて、気前よく恵子に渡す。

「酒の肴も豪勢じゃないか。ところで、どうして屋号を『うさぎや』にしたんだい?」

「前の女将さんみたいに貫禄がないでしょう。『えんま』の屋号は、わたしには荷が重いもの。うさぎって小さくて可愛いじゃない。それで」

「本心かい? まあ、そういうことにしておくか」

常連客が次々に訪れ、暖簾をしまう時間になっても客足は途切れなかった。

日付が変わるころ、ようやく潮が引くように客の姿が消え、五郎ちゃんも戻って行った。

恵子は、月明かりに照らされる「うさぎや」の文字を、端からゆっくり手でなぞり、一歩下がって目を凝らした。

――母さん、「うさぎや」の暖簾だよ。

丁寧に暖簾をたたみ、店の照明を落として、恵子はひとり飲み始めた。

熱燗が胃の腑にしみわたる。そういえば、何も食べていなかった。

そのまま飲み続け、酔いが回ったところで屋根裏の寝床にもぐりこんだ。
二、三時間は眠っただろうか、小窓から入ってくる弱い光で目が覚めた。
長襦袢《ながじゅばん》のまま眠ってしまったようだ。着物や帯、腰紐が、そこらに散らばっている。恵子はもそもそと起きだし、衣桁《いこう》に着物をかけて、また横になった。

――わたしは、ひとりだけど孤独じゃない。気兼ねなく付き合える人がいる。支えてくれる人もいる。でも誰かに指図されることはない。自分の稼ぎで、自分の口を養えるのだから。

だんだんと日の光が増して、屋根裏の隅まで差し込んできた。

腹ペコさんは、「えんま」に逃げ込んだときの「わたし」で、下手をすると何年か先の「わたし」かもしれないのだ。休むわけにはいかなかった。

恵子は布団を蹴り飛ばし、エイッと勢いをつけて酔いの残る体を起こした。

うらちゃんが、いつもより早めに店の前で待っていた。ほどなくして博士もやってきた。

博士は神経質なたちで、掃除でも手を抜かず、行き届いた仕事をする。後は博士に任せて、うらちゃんと買い出しに出かけた。

昨夜は開店当日で、バタバタしていて、腹ペコさんの食事の下ごしらえができなかった。うらちゃんに手伝ってもらって、大急ぎで支度を調えた。

これからは、博士とうらちゃんにも、できるだけ昼のご飯を食べてもらうことにした。適当に済ませていては、女将のように体を壊しかねない。博士は気乗りがしない様子だったが、強引に説き伏せた。

食事を済ませると、博士は用事があるからと帰って行った。なんだか博士の歩く姿に勢いがある。女将が亡くなった後のバタバタで、中断していた書店と図書館めぐりの日課を、再開したのだろうか。

置いてきぼりをくった恰好のうらちゃんは、どことなく元気がない。

「和尚は、しっかりと里親をやってるんだろうな……。博士はね、炊き出しにきた人の相談に乗ってあげてるらしいよ。俺だけだ、なんにもやってないの」

「店を手伝ってくれてるじゃないの」

「でもなあ……」

「人は特別なことをしなきゃいけないの？　店にきてくれたお客さんに、おいしかった、楽しかった、明日はいいことがあるかもって、帰ってもらうだけじゃダメなの？　そんなでも、何かしらの役には立ってると思うけどな。それでよくない？」

「俺も、ちょっとは役に立ってるってことか――」

うらちゃんは、腕組みをして顔を上に向けた。

「和尚が抜けたんだし、お寺のフードバンクを手伝わせてもらうとかできないの？」

「寄付された品物の在庫とか、配布の状況を、パソコンで管理してるんだって和尚に聞いてた。エクセルで、とか言われても、やったことないしさ」

「スマホを使い倒しているうらちゃんでそうなら、世の中、面倒になってるってことだわね」

「恵ちゃん、面白すぎる」

うらちゃんが声をあげて大笑いした。

喋っていて、店の前で立っている腹ペコさんに気がつかなかった。二人の子を連れたお母さんだ。

「気づかなくてごめんなさい。どうぞ入ってくださいな」

「すみません」

「そんなこと言わないで。わたしもこの人も、横丁に着の身着のまま転がり込んだくちですから、少しも変わりませんよ」

恵子は、うらちゃんをさして言った。

「外で立ち聞きしてしまいました。なんだか肩の力が抜けて、気が楽になったっていうか……。できることをやればいいんですね。でも、わたしにできることって……」

お母さんの目のあたりがあやしくなった。

「おなかいっぱい食べましょうね」

お母さんから視線をそらし、恵子は子らに声をかけた。

食べ終わると、退屈した子どもたちが、うらちゃんにちょっかいを出し始めた。

うらちゃんは、一人をひょいと肩車すると、もう一人の手を引いて、「表で遊んでくるから」と言う。

「そうする?」と、お母さんが訊くまでもなく、手をつないだ子がうらちゃんを引っ張った。

「俺、子どもにはモテるみたい」

「そうみたいね。構いませんか?」

「すみません。じっとしてないもので」

「気をつけてあげてよ」

「言われなくも、わかってますって」

外で三人のはしゃぐ声がする。

「子を連れて家を出たんですけど、まだ小さいので思うように働けなくて……。ＮＰＯの人に、ここを教えてもらってはいたのですが……」

「お子たちを連れて横丁には、なかなかね」

「炊き出しに並んでいたときに、行ってみないかって、声をかけてもらいました。その方が、知り合いの農場を紹介するから、東京を離れてみてはどうかって、言ってくださってるんですが……。夫とのことも、弁護士さんをお世話してくださるそうなんですけど、夫がどう出るか……。前を向かないといけないことは、わかってるんですよね。わたしが沈んでいると、子どもたちのためにも良くないですから」

お母さんは、深いため息をついた。

「いつでも寄ってください、約束ですよ。さっきみたいな遠慮はなしですからね」

待ちかねた人がいたのか、この日の腹ペコさんは、親子を含めて七人だった。

「俺、なんか、役に立ってるみたい」

うらちゃんは、めったに見せない誇らしげな表情で、「でしょう？」と目で合図する。恵子は、うんうんと、うなずいて応えた。

博士は掃除を手伝い、うらちゃんは買い出しと下ごしらえを手伝い、五郎ちゃんは暇を見つけてはカウンターに入り、接客を手伝う。開店の際の役回りが、そのまま続いていた。

うらちゃんは、案外と料理の筋が良い。

「誰でもひとつくらいは取り柄があるもんだ」と、五郎ちゃんにからかわれても、「ほめてるよね」とやりかえしている。

屋号を変えてからそろそろ二か月になるが、離れていく客はいなかった。「うさぎや」は、「えんま」に負けず劣らず、客足の絶えない繁盛店だ。

午後の一時をまわったころ、酒屋のお兄さんが注文していたビールを届けに来た。

リタイアした常連が、ぼちぼち店に顔を出し始める前の、この時間帯に配達をしてもらっている。

「奥にお願い」

酒のストックは、裏口に抜ける通路に積んでいた。

「狭くて悪いわね」

女将が使っていた安楽椅子を、今は裏口に置いているので、酒置き場のスペースが狭くなってしまった。

「女将さん、伝票、ここに置いときます」

「ありがとう。大将によろしく」

女将さんと呼ばれるのにも、ようやく慣れてきた。

うらちゃんは、コインランドリーに行くまでの間、安楽椅子を目いっぱいに倒して、ひと眠りする。宿代の足しにと、月の終わりに金を渡しているが、「俺が洗濯物を預かっていないとお姉さんたちが困るから」と言って、いそいそと出かける。

「俺、お姉さんたちの役にも立ってたってことだよね。ねえ」

恵子が根負けするまで、うらちゃんは何度でも「ねえ」を繰り返すのだ。

酒の肴をこしらえていると、いつものように奥から寝息が聞こえてきた。うらちゃんはたいそう寝つきがいい。横になるとあっという間に眠ってしまう。

冷蔵庫に入れようと、ビールを取りに奥に行った恵子は、うらちゃんの腹の上で、白い子猫が丸まっているのを見つけて、小首をかしげた。

裏口の戸が少し開いている。風のとおりをよくするため、うらちゃんが開けたのだろうか。

「どこから来たんだい？　親とはぐれてしまったのかい？」

子猫の頭をそっとなで、話しかけた。

子猫は頭を起こし、眠そうな目を開けたり閉じたりしながら、小さくニャーと鳴いて、また丸まってしまった。警戒する様子は、まるでない。

「うらちゃんはあったかいから、安心なんだね」

恵子は音を立てないよう、深皿にミルクを満たして床に置いた。

「女将さん、お客さんだよ」

客が、客の案内をした。

うらちゃんと子猫は、わずかに体を動かしたものの、寝入っているのか目を覚まさない。

店に出ると、暖簾の下からジーンズをはいた女性の足が見えた。

「どうぞ、入ってくださいな」

「いつぞやは――」

入ってきたのは、「前を向かないといけない」と、ため息をついていたお母さんだった。別人みたいに、顔も首も日焼けしている。

「館山の農場で働いています。出荷を終えてから出ると、この時間になってしまって。規格外の野菜ですけど、よかったら食べてください」

「館山って、千葉の？」

「はい。農業の経験はないし、やれる自信もないし、ほんとにわたしにできるんだろうかって、迷っていたんですけど、やっと踏ん切りをつけることができました」

こぼれた白い歯が、日に焼けた顔にくっきりと映えている。

「農場を紹介してくれたのは、どんな人でした？」

「丁寧な話し方をする方でした。わたし、敬語を使ってもらったことがあまりなかったし、あんなに根気よく、誠実に優しく接してもらったこともなかったもので、この人なら信じられる、信じてみよう。そう思い切って――」

――博士に違いない。

「それで――。まあ、遠くから、たくさんの野菜を。重かったでしょう」

「力仕事にもだいぶ慣れましたけど、まだまだです。お店に来る前にＮＰＯの事務所にもよって、野菜を置いてきたんですよ」

慣れない農作業のせいか、頬がこけて、少し疲れているようだったが、「まだまだです」と、先を見据えたともとれる、しっかりした口ぶりだった。

「今日、お子さんは？」

「いっしょに働いている人に面倒を見てもらっています。孫みたいに可愛がってくださるので、子どもたちもすっかりなついて」

くもりのない晴れやかな表情で、子どもたちの様子を話してくれた。

お母さんは、バスの時間が迫っているからと帰って行った。館山までは、バスの方が電車より早いし、便利がいいのだそうだ。

あの分なら、夫とのことも解決する見通しが立ったのかもしれない。恵子はかかとを上げて、姿が見えなくなるまで大きく手を振った。

手の甲で目じりをぬぐう恵子を見て、客が「もらい泣きするじゃないか」と、唾を付けた指で頬っぺたをすっと撫でる。

「涙はどこかな?」

顔をくっつけて、ちょっとした嫌味を言った。

「ハートよ、ハート」

客が体を引いて言い抜けようとする。

「道理で、わたしには見えないわけだ」

「わかりゃいいんだよ」

バツの悪そうな顔で、そっぽを向いた。

「お互い歳ねえ、これくらいのことで涙もろくなるなんて」

恵子は構わず畳みかける。

「いっしょにしないでくれ。俺、定年したばっかりだぜ」

「おや、そうだった？」

「とぼけやがって、せんの女将にそっくりだな」

「長いこといっしょにいたんだもの、しょうがないわよ」

好き勝手なことを言いながら、恵子は博士の好物を作り始めた。

卯の花の炊いたものに、白和え。博士はどれも薄味が好みだった。関西訛りはないのに、湯豆腐とか、あんかけとか、あっさりした豆腐料理のリクエストもたまにあった。

「何作ってんだい？」

客が恵子の手もとを覗き込んだ。

「これ？　白和えよ」

「俺にもくれないか」

「薄いお味だけど、どうする？」

「ならいいや。京都に行ったとき、おばんざいってものを食ったけど、関東人の俺には、ちょいと気の抜けた味だったからさ」

「そうなんだ。だけど、なかには薄味がいいって人もいるんだよね」

いただいた野菜を刻みながら、恵子はころころと声をはずませた。

うらちゃんが目を覚ましたら、博士を連れてきてもらい、とっておきの酒の口を切って、いっしょに喜んでもらう。ポーカーフェイスなんて許さないから。

恵子はひとり悦に入り、物陰に隠れて、くすりと笑った。

あとがき

年金だけでは生活が厳しくて、高齢になっても働かざるを得ない方とか、月額五万円ほどの年金でも、あれこれ工夫をしながら、穏やかに日々を送っているという方の報道を、何度か目にしました。

さすがに五万円では、鳥取県でも暮らしていけないのでは？　置かれた今の状況を、少しはまぜっかえしてみてもいいのでは？　そう思ったのが、この作品を書き始めたきっかけです。

なんとか書き終えはしましたが、たいしてまぜっかえせなかったという残念な気持ちが残り、自分の力量ではここまでかと、気落ちすることしきりでした。

原稿用紙二百枚を超える小説を書いたのは、これが初めてです。

登場人物も、主人公が逃げ込んだ先の居酒屋も、出来事も、モデルはなく、すべてが虚構ですので、おかしなところがあるかもしれません。大目に見てやっていただけると嬉しく思います。

隣人や幼馴染、飄々と世の中を渡っているへんてこな人たち、主人公を受け入れてくれた居酒屋の女将、店にやって来るお客さんたち、その人たちとの関わり合いの中で、主人公が何を思って、どう行動したのかを、わたしなりに想像して、心情をひとつひとつ重ねていったつもりです。

本を手に取ってくださった方たちの、今のお立場も、経験も、それぞれでしょうし、読後感は違っていて当たり前です。どのように読んでくださるか、それはお任せいたします。

作品の中で、主人公に「ひとりってのも……いいもんだわねえ」と、言わせています。確かにひとりは気持ちが軽やかですよね。でも、ひとりでだいじょうぶなのは、支えとなるものを得た、人がいる。その手ごたえを感じたとき、感じられる場所を見つけたとき、ではないでしょうか。

人との関わりは、面倒で鬱陶しいと思うときもあります。けれど、おまんまを食べていくには避けて通れない。しくじりは「あり」なのですから、行き場がないと迷ったら、今いる所から逃げ出してみるのも「あり」です。逃げた先で、支えとなってくれる人に出会えるかもしれないし、手ごたえを感じられる何かを、見つけることができるかもしれません。

わかってるよと、思われた方もいらっしゃるでしょう。すみません、これまでを振り返って、しり込みをして踏み出せなかった無念さを、作品に入れ込んだところは、あります。その過程で見えたのは、誰かに手を貸してもらいながら、できることで手をお貸しして何とかやってきたという、いたって普通の生きようでした。気づかずに気張ることも多かった自分を、笑えた途端に、力が抜けたのを覚えています。

困難を抱えて、迷い道に踏み込んでしまっても、そこで出会った者同士、ちょっとだけ手を貸し合う。そうやって、人の暮らしは続いてきたのだと、情報が詰め込まれた頭では理解していましたが、この作品を書き終えて、胸にすとんと落ちました。自分にできることをやりながら、生きているだけでいい。

それだけで何かしら役に立っているはずと、「えんま」に吹き寄せられた人たちについて書き進めていくうちに、「そうそう」と、頷いていたのです。

生活の基盤を失った人、自らの意思で捨てた人、気持ちの弱った人、こうした人たちが、居心地のいい場所に溜まっておだを上げる。そこは出入り勝手のみんなの居場所で、ちょっとだけ元気になれる交流のプラットフォーム。そんなところが身近にあったらいいのにと、吞ん兵衛横丁の居酒屋を舞台にして、あれこれ膨らませてみました。

つくりごとです。ときどきクスリと笑い、面白がって読んでいただけたら、わたしならこう言うのにとか、登場人物のセリフにダメ出しをして読んでいただけたら、こんなうれしいことはありません。

この本を手に取ってくださった方に、お礼申し上げます。

大賞に選んでくださいました審査員の方々、出版にご尽力いただいた今井印刷の皆様に、お礼申し上げます。

ありがとうございました。

二〇二三年十一月

たむら　ふみえ

小さな今井大賞とは

今井書店グループ今井印刷㈱が運営する、本づくりとクリエイティブの地域コミュニティ「小さな今井」が、二〇二〇年に文化振興と新人クリエイターの発掘を目的に創設したのが「小さな今井大賞」です。

第三回は応募資格を日本国内にお住まいの方とし、全国各地からたくさんのご応募をいただきました。この作品は、「第三回 小さな今井大賞」大賞受賞作です。

私たちは、これからも山陰の地から、時代に合った文化の創造・発信に努めてまいります。

〈著者略歴〉
1948年生まれ、米子市在住。
70代になったのを機に、趣味で小説を書き始める。
初めて書いた長編小説で大賞を受賞。

迷い人たちのプラットフォーム

2023年12月5日　初版第1刷

著　者　たむら ふみえ

発　行　今井出版
〒683-0103　鳥取県米子市富益町8（今井印刷㈱内）
電話（0859）28-5551

印　刷　今井印刷株式会社

ISBN 978-4-86611-365-4